Александр Половец

БЕГЛЕЦЫ
■
СНЫ ОДНОПОЗОВА
■
МИСТЕРИИ
ДОКТОРА ГОРА

ПОВЕСТИ и РАССКАЗЫ

Accent Graphics Communications
Montreal
2013

Александр Половец
Беглецы. Сны Однопозова. Мистерии доктора Гора
Повести и рассказы

График-дизайнер, корректор, редактор – Галина Лисицкая
Обложка – художник Андрей Рыбаков
Иллюстрации – А.Шагин, Л.Кацнельсон
Фотографии ("Беглый Рачихин") – из архива автора

Издательство Accent Graphics Communications, Montreal, 2013
424 с.

ISBN: 978-1-927752-61-6

Писательскую известность Александру Половцу принесли изданные в Америке книги «Беглый Рачихин и другое» (1987, 1996), «И если мне суждено» (1993), «Для чего ты здесь...» (1995), «Такое время» (1997), «Все дни жизни» (2000), «Булат» (2001) и вышедшие в России однотомники: рассказы и повести «Мистерии доктора Гора» (2006) и сборник художественно-документальной прозы «БП. Между прошлым и будущим» (2008) с уникальными фотографиями из обширного архива писателя, существенная часть которого хранится теперь и в Российском Государственном архиве литературы и искусства (РГАЛИ).

Александр Половец – Президент Американского культурного Фонда Булата Окуджавы, с которым он дружил многие годы.

Живет в Лос-Анджелесе.

«Курьёзная история... – неожиданно приобретает под пером Алекурандра Половца булгаковское звучание, здесь дьявольщина соседствует с едкой сатирой»

«НЕЗАВИСИМАЯ ГАЗЕТА»
Москва, ноябрь 2006 г

«...Собрание разрозненных по сюжетной композиции, но единых по высшему философскому замыслу, великолепно выписанных коротких новелл»

«ВЕСТНИК», вып. 163
США

«Александр Половец – писатель в литературе, обладающий пером собственным, ни у кого напрокат не взятым...»

Анатолий АЛЕКСИН

«...Книжка твоя совершенно достойна и искренна до шелушения крайней плоти над свечой».

Юз АЛЕШКОВСКИЙ

«Книга интересная. Отнесся к ней, как к стакану жуткой сивухи – залпом. Рачихин – личность тёмная. Или аффективная. Спасибо».

Игорь ГУБЕРМАН

«Три разных человека, три беглеца, три необычные судьбы оказались объединены обложками одной книги. И книгу эту, несомненно, с интересом прочтет и российский, и зарубежный читатель».

Владимир МАКСИМОВ

«"Сны Однопозова" Александра Половца – собрание разрозненных по сюжетной композиции, но единых по высшему, философскому, замыслу великолепно выписанных коротких новелл. Дуальность мироздания, неподчинённость мира идеального миру материальному, и, наоборот, – таков лейтмотив всего цикла...»

Станислав ФУРТА

также не менее странные пациенты доктора Гора, поступки которых подчас вызывают изумление даже у автора…

«Главная песенка» – она была и у этих троих («Беглецы»), бежавших не от Родины, а от бесчеловечной системы, утвердившейся тут на многие десятилетия. А кто-то, может быть, и от себя. Выбраться «любой ценой, любым способом» – у каждого из них были свои надежды: удачно вписаться в незнакомую жизнь, или переломить судьбу в лучшую сторону, или обрести, наконец, полную свободу.

Владимир Рачихин, помощник известного режиссера Бондарчука, бежавший с киносъемок в Мексике и обратившийся за политическим убежищем к американским властям... Моряк Михаил Чернов … Олег Емельянов, мечтавший после побега стать первым русским, совершившим кругосветное путешествие на яхте. Трагично сложилась судьба первого, мало что известно о судьбах двух других. Прав оказался известный писатель Владимир Максимов, в свое время подведший своеобразный итог не только трем этим судьбам: «Сама по себе свобода не обязательно делает человека, обретшего ее, счастливым…».

А вот Анна Семеновна Шарф («Анна Семеновна») смогла и в несвободной стране сохранить внутреннюю свободу и достоинство (как там у Булгакова про колоду и кровь?). Ее спасали от одиночества книги, да еще на излете жизни привязанность к соседскому мальчику, в котором она разглядела что-то не видимое, не угаданное остальными: не случайно же он иногда чувствовал на себе ее внимательный взгляд. И ему, а не выпрашивающему у нее уникальный портрет Шаляпина уважаемому Бахрушинскому музею, «завещала» она свою главную ценность. Этот самый портрет с автографом ей, тогда петербургской барышне. Вряд ли она подозревала, что портрет этот однажды окажется на другом континенте, в архиве свято хранящего его Александра Половца. Поскольку тем мальчиком был он. «Причудливо тасуется колода»? О, еще как.

Владимир Максимов

ЧЕРЕЗ ПРОПАСТЬ В ДВА ПРЫЖКА*

Я гостил в Америке. Собираясь в дорогу – из Нью-Йорка в другой конец континента – я запасся самой разной литературой – путь предстоял дальний, и одних пейзажей, чтобы не опухнуть от скуки, мне бы явно не хватило. Среди увесистой кучи печатной продукции, которой снабдил меня нью-йоркский издатель Габриэль Валк, оказались и гранки книги, составленной из очерков редактора калифорнийского еженедельника «Панорама» Александра Половца – и его документальной повести.

Честно говоря, к газетному чтению я отношусь с некоторым предубеждением, и потому знакомиться с содержанием этой стопки листков не спешил, приберегая их на самый конец дороги. А жаль!

С первых же строк меня по-настоящему захватило ощущение реальности, возникающее при знакомстве с героями книги – в каждой ее части отчетливо сквозило желание автора избежать лукавого соблазна сыграть на «выигрышной» теме, увлечь читателя авантюрной стороной событий, оставив в стороне от его внимания подлинную суть происходящего. И мне кажется, жанр, выбранный им, вполне оправдан. Практически, автор как бы и не вмешивается в исповедь своих героев, лишь слегка и к тому же (не могу удержаться, чтобы не отметить этого!) мастерски направляя их собственные рассказы в берега стройной литературной формы – чтобы не дать им, как у нас говорят, растечься по древу.

---

*Предисловие было написано к первому изданию повести, включенной в авторский сборник „Беглый Рачихин". Издательство посчитало возможным сохранить это предисловие в том виде, в каком его предложил покойный ныне писатель.

Впервые повесть была опубликована в Нью-Йорке в нескольких номерах „Нового Русского Слова" (ред.).

немые ролишки во второстепенных эпизодах, случайные заработки, еще более случайные знакомства. Ну и, конечно же, как это бывает в таких случаях с нашим русским братом, гульба, что называется, по-черному. Завершается эта часть его биографии трагической смертью близкой Рачихину женщины. И – судом над ним. И хотя за недоказанностью улик наказание, постигшее героя, весьма относительно, жизнь его от этого слаще пока не делается...

Пересказанное выше – лишь сюжетная канва, за которой внимательный читатель опять угадывает параллельный пласт повествования: советская среда – это именно она порождает и пестует свою элиту, составленную вовсе не обязательно из отпрысков правящей прослойки. Так, например, произошло и с героем этой повести, вовремя понявшим и усвоившим правила жизни, позволяющие пробиться и закрепиться в верхнем ее эшелоне.

Три разных человека, три беглеца, три необычные судьбы оказались объединены обложками одной книги. И книгу эту несомненно с интересом прочтет и российский, и зарубежный читатель.

Верховный суд штата Калифорния,
Графство Лос-Анджелес
Штат Калифорния.

Истец. Дело номер 093795

Окружной районный прокурор графства Лос-Анджелес
Данной судебной жалобой заявляет:

СТАТЬЯ I:

Между 27 и 28 декабря 1985 года или в один из этих дней в графстве Лос-Анджелес было совершено убийство, в нарушение параграфа 187/а/ Уголовного кодекса, т.е. уголовное преступление, – (оно было совершено) Владимиром Рачихиным, который предумышленно, незаконно и с преступным намерением убил Людмилу Кондратьеву, человека.

Эта жалоба под номером АО93795 содержит в себе один пункт обвинения.

Айра Райнер, *окружной прокурор графства Лос-Анджелес, штат Калифорния*

Подано в суд Джеймсом А.Баском, *заместителем окружного прокурора*

СИБИРЬ

По Иртышу шел пароход. Трюмы его были забиты туго упакованными брезентовыми мешками, ящиками с мясными консервами и яичным порошком – остатками американских

Солдаты собирались в небольшие компании, по трое-четверо, где объединяющим было либо общее направление следования, либо род войск, в котором прошли годы службы, а чаще – просто сходство характеров и возникшая вдруг в пути взаимная симпатия. Из вещмешков извлекались ржаные буханки, латунно поблескивающие сквозь слой жирной смазки консервные банки.

С бутылочных горлышек об каблук сапога или просто об палубу отбивался темно-коричневый сургуч. Он был так похож на шоколад, которым подвыпившие солдаты угощали Вовку! И Вовке казалось, что прозрачная жидкость, которую демобилизованные разливали по металлическим кружкам и потом, выпив ее, морщились и занюхивали свежеочищенной луковицей, тоже должна обладать удивительным вкусом и ароматом.

Позже, в Тобольске, а потом в Омске Вовка узнал вкус водки: с такими же пацанятами бродил он по базару, предлагая демобилизованным купить табачку. Табак этот добывался из подобранных здесь же окурков, а солдаты, которые получали неплохие по тем временам деньги по своим орденским книжкам и могли себе позволить и „Казбек", и приличную закусь, жалели пацанов, давали им какую-то мелочь, угощали дешевыми леденцами.

А иногда, плеснув в стакан портвейна или водки, протягивали его и ждали, когда малец, задыхаясь, одолеет его, сглотнет густую слюну, зажует ее пряником. И, поглаживая белокурую головку, всхлипывали, приговаривая жалостливо: „Эх, безотцовщина...".

* * *

Вовка, и правда, не знал своего отца – родился он где-то на Васюганских болотах в декабре 41-го года: те, кто бывал там, называют эти места самыми проклятыми на земле,

разъедает глаза. Вовку из-за баяна самого не видно, ремень режет плечо, пальцы перестают слушаться. А надо всем – пьяный рык деда: „Вовка, ная-а-а-ривай!..“

На ночь Вовка часто сбегал к бабке – невыносимо было слышать шебуршанье, доносившееся с кровати мамки и отчима, мучило чувство, которое скорее всего можно было посчитать ревностью. Сыновней, детской – но ревностью. Бабка укладывала его в свою постель, баюкала, рассказывала что-то – о большом городе Москве, откуда она была родом и откуда их с дедом в 38-м сослали – сначала на Васюганские болота; годом позже деда переправили еще дальше, куда-то под Вятку, где его следы затерялись окончательно, и бабка осталась с тремя дочерьми на руках...

Утром Вовка шел в школу, а потом – снова домой, где ждал его обед. Картошка, хлеб, кипяток вместо чая – работать отчим не любил, а орденского пособия теперь хватало разве что на неделю-полторы. Летом было легче – можно было рыбачить, и Вовка с друзьями нередко сбывал улов тем же демобилизованным. А на выручку, естественно, закупали пряники, конфеты – для мальцов, ребята постарше устраивались где-нибудь в заброшенном сарае и разливали по утащенным из дома тонким алюминиевым кружкам ядовито-красный портвейн.

ПЕРВЫЕ СМЕРТИ

К концу четвертого класса Вовкины успехи в школе были отмечены путевкой в Артек. Едва начав изучать географию, Вовка определил главную цель своей жизни – попасть в теплые страны. Уйти из дома, сесть на поезд – и ехать, ехать, пока за окнами вагона не возникнут высоченные пальмы с одной стороны и пока не заплещется морская волна по другую сторону железнодорожного полотна. Куда, как будут называться эти места – значения не имело.

яла из детдомовских ребят, до вечерней проверки и отбоя оставались считанные минуты. Зато на другой вечер были созваны дружки со всего города, а оставшееся от пиршества щедро раздавалось весь следующий день.

Немудрено, что к вечеру этого же дня вся компания встретилась снова – на этот раз в отделении милиции... Участникам приключения, достигшим 13 лет, дали по два года и отправили в детскую колонию в Кунгур. Вовке только что исполнилось 10 – наказанием для него стало лишение путевки в Артек.

* * *

Если бы можно было линию человеческой жизни разделить на отрезки, обозначив ими четко – вот здесь кончается детство, здесь – молодость, а от этой точки начинается старость, Вовкино детство следовало бы считать завершившимся именно в тот год. Не потому, что утраченная возможность провести пару недель в Артеке вызвала в нем столь сильные переживания, что с ними пришла и взрослость – Вовка почему-то уже тогда знал, скорее чувствовал, что все равно будет рано или поздно в его жизни море, будут пальмы и белые пароходы на горизонте, именно так представлял он себе свое будущее.

Сделала Вовку взрослым первая смерть, с которой столкнула его судьба – смерть близкого приятеля, детдомовского парнишки, уговорившего Вовку развести голубей. Увлечение это оказалось для парнишки роковым: лазая по крыше, схватился он за оголенный электрический провод. После этого случая роздал Вовка голубей, одного, правда, принес погибшему дружку на могильный холмик, насыпал пшена и оставил там сизаря в открытой клетке.

Потом смерти Вовкиных друзей следовали с удивительной методичностью. Из семьи он вскоре после этого случая ушел, попросился в детдом в древнем, отстроенном

черемуху. Вовка с приятелем отделился от общей компании. Углубившись в заросли, они забрались на деревья, стоявшие чуть в стороне, ближе к опушке, и, перекликаясь, рвали темные и терпкие на вкус ягоды, отправляя их горстями в рот. Внезапно налетела гроза. Молнии со страшным грохотом раскалывали ставшее вдруг низким небо, и, казалось, прямо из этих, образованных ими где-то над самой головой, прорех обрушивались на ребят нескончаемые потоки ливня.

– Спускаемся! – крикнул Вовка и соскользнул вниз по невысокому, ставшему мгновенно мокрым и холодным, стволу деревца. Оглядевшись, увидел распластанного в только что образовавшемся болотце набежавшей воды дружка – уже не дышавшего.

– Почему, – часто потом задумывался Вовка, – почему молния выбрала его дерево? Могла бы в мое… или в то же самое, но быть на нем мог бы и я. Это и есть – Судьба?..

* * *

Потом снова тянулись детдомовские будни, прерываемые время от времени незначительными, однако запоминавшимися на фоне нескончаемой череды одинаковых серых дней, происшествиями. Например, проснувшись однажды, не обнаружил Вовка своих ботинок – стащили, значит, из своих кто-то взял. Пришлось идти в школу босым по осенней слякоти. Ноги посинели, ступни, поначалу болевшие от притаившихся в лужах острых камешков и передававшие эту боль, казалось, по всему телу, утратили чувствительность.

В школе сердобольная уборщица отыскала пару забытых кем-то потрепанных калош; набив их газетами, Вовка возвращался в детдом, пряча от редких встречных заплаканное лицо. Зато покупка новых башмаков – деньги на них у Вовки скопились игрою на недавней свадьбе – стала еще одним событием, на этот раз по-хорошему памятным. Тем более, что Вовка все больше и больше внимания стал обращать

руках его остался матово поблескивающий полированным лезвием самодельный нож с ручкой, набранной из разного цвета кусочков целлулоида и дерева.

– Держи финку, твоя... – протянул он подарок Володьке.

Щедрый подарок. Володька отвел руку с ножом в сторону и рассматривал его на почтительном расстоянии, когда внезапно, в нескольких шагах от них, возникла фигура директора школы. Атас! Ребята метнулись к забору, перемахнули его и побежали через поле в сторону недалекой рощи, ощетинившейся острыми пиками голых ветвей в уже темнеющее ранними осенними сумерками небо. Впереди бежал Пашка, за ним Алеша Торопов. Володька едва успевал следом, хмельное сознание только отмечало гулкие удары сердца, казалось, слышные во всей округе – бум, бум, бум...

Перепрыгивая неглубокие овражки, он высоко вскидывал руки, рассекая воздух клинком зажатой в кулаке финки. Внезапно Пашка поскользнулся, Алеша налетел на него, рывком подался назад, сшиб почти нагнавшего их Володьку, плашмя опрокинулся на него – спиной на нож. Пашка поднялся, свернул в сторону, к Иртышу. Добежав до берега, он ступил на тонкий, едва родившийся лед, покрывший поверхность воды...

Хоронили ребят одновременно, с Володькой их смерть никто не связал, никто не дознался, что они были вместе. Его самого нашли на другой день в сугробе, почти замерзшим. Привезли на санях в детдом, оттирая в пути пену, покрывшую его щеки и подбородок – два стакана водки для мальца оказались дозой, близкой к смертельной.

ОДИН

Вовка рос быстро. К четырнадцати годам плечи его раздались, руки стали мускулистыми, крепкими. Почти вся одежда стала вдруг мала. Сказавшись семнадцатилетним, он

офицеров, значит – 45 жен. Бабы бесятся от безделья. Создадим хор, будешь им руководить.

Кроме офицерских жен, в хоре пели несколько солдат. Парни молодые, крепкие. А офицеры, между прочим, по многу лет проработали на радиолокационных станциях. Облучение на этих станциях считается незначительным, но это только считается – кто мог знать силу его лучше, чем жены этих офицеров. Так что пел хор хорошо, слаженно, и так же слаженно образовавшиеся в нем любовные парочки, и даже иногда треугольники, проводили доставашееся им урывками время, неподнадзорное ни начальству, ни главам офицерских семейств.

Легко предвидеть, к чему шло дело – начались скандалы, драки, доходило и до поножовщины. К счастью, из Свердловска поступил запрос на баянистов, и, спустя некоторое время, сержант Владимир Рачихин уже был приписан к воинской части, стоявшей в Челябинске и являвшейся, по сути дела, музыкальным ансамблем Уральского военного округа. Было в нем 16 баянистов, были певцы – тоже из солдат, проходивших срочную службу.

Но не может же полноценный хор – а начальство хотело его видеть именно таким – обойтись без женских голосов! И эти голоса были – принадлежали они хорошеньким вольнонаемным актрисам, что постоянно и естественно создавало в ансамбле взрывоопасную ситуацию. А потому, вскоре же после своего создания, был этот ансамбль расформирован, и последующие месяцы военной службы Рачихина полетели вовсе незаметно – в спортивной роте. Соревнования по легкой атлетике, первенство округа по гандболу, тренировки... а в перерывах между ними – самоволки.

Володьку всегда тянуло бежать, куда – не представлялось столь уж важным, главное – на свободу. В окно казармы, через туалет офицерского клуба, по водосточной трубе оружейного склада... И нисколько этому не

В доме было чисто, на окнах стояла герань, стены пестрели картинками и фотографиями в аккуратно сколоченных самодельных рамках. Присели к столу. И почти сразу дверь снова распахнулась: на пороге ее встал огромного роста мужик. Лицо его, шею, часть проглядывающей в распахнутом вороте рубахи груди покрывали кирпичные пятна румянца – дед возвращался из парной. Сейчас он пристально и хмуро смотрел из-под нависших седых бровей на солдата, и во взгляде его явно читалось – за мной, снова арест... Володька поднялся, сделал, ставшими вдруг чужими ногами, шаг навстречу ему.

– Я сын Зои...

Дед распахнул тулуп, сгреб Володьку в охапку.

– Внучек, миленький, свела все же судьба, – целуя его, приговаривал он сквозь слезы.

На столе появилась водка, в дом набежали соседи – почти все они состояли в каком-то родстве между собой, почти все отбыли в лагерях или в ссылке немалую часть своей жизни.

Пили долго. Пили и пели – про разлуку, про горе, про загубленную жизнь. И плакали. Молодая женщина подсела к Володьке на колени, гладила его волосы, целовала. Муж ее уже тянулся к топору, быть беде... Разобрались, однако: приходилась эта девушка Володьке теткой, хотя и была всего на год старше его. К концу застолья, когда гости уже расходились, пошатываясь и обнимая за плечи друг друга, снял Володька с руки часы, отдал деду. А утром, проснувшись, увидел придвинутый к изголовью своей кровати стол, уставленный непочатыми водочными бутылками – это дед благодарил его за часы, составлявшие в те годы великую ценность. Да к тому же как раз сегодня исполнялось Володьке 20 лет – а что еще мог бы подарить ему дед?

Они снова пили, и дед, проводя рукой по седому ежику волос, всхлипывал и после каждого стакана спрашивал Володьку:

был не против, но тогда его будущей профессией представлялась ему география. Да и не так уж часты были случаи, чтобы отпускали не дослуживших свой срок – а Володьке предстоял еще один, последний, год. К тому же, было время карибского кризиса, из военных частей перестали отпускать и солдат, и офицеров – даже в короткие увольнительные, не говоря уже об очередных отпусках...

И все же не дослужил Рачихин последнего года – на окружных соревнованиях тренер Ленинградского института физкультуры, объезжавший военные части в поисках талантливых спортсменов, предложил Володьке, имевшему к тому времени первые разряды по легкой атлетике и гандболу, поступать к ним. Друзья, собравшиеся на Володькины проводы, повторяли – вернешься в часть, руки не подадим.

Возникали постепенно новые знакомства: Володька попал в довольно замкнутый круг художников-академиков, которые тоже приглашали его позировать – Томский, Аникушин. Работы прибавилось, появились лишние, вроде бы, деньги – но и уставать стал он сильно, доходя порою почти до предела своих сил после многочасовых тренировок: отстоять же еще три часа в классе казалось невозможным: тело деревенело, земля многократно увеличивала силу своего притяжения, и удержать руку, например, в заданном положении или просто сохранить требуемую позу стоило почти нечеловеческого напряжения. А утром – снова стадион...

Единственным просветом казалось тогда короткое знакомство с дочкой Аникушина. Володька стал часто бывать в его мастерской, роман с дочерью художника развивался в положенном ему русле, дело подходило к женитьбе. Экзамены в институт были к этому времени уже сданы, на кафедре легкой атлетики, куда Рачихин был принят, шли регулярные занятия. А судьба сделала очередной зигзаг – не без его, разумеется, участия: Володька, оставив позирование, стал актером миманса в Ленинградском театре оперы и балета. Режиссер труппы, коротко оглядев его спортивный торс, бросил на ходу – завтра будешь выносить Клеопатру! – и Володька уже видел его быстро удаляющуюся в глубину кулис спину.

* * *

Теперь Рачихин стал прирабатывать к своей тридцатипятирублевой стипендии еще 60 рублей. Двенадцать раз в месяц он, в курчавом парике и коричневом гриме, держал на весу носилки с Клеопатрой; балерина была сухощава и стройна, веса ее Володька почти не чувствовал, но кружилась голова – от близости почти нагого женского тела, от пряного запаха макияжа, смешавшегося с потом танцовщиц. Или, стоя в толпе статистов, изображавших римлян, он, опершись на

По утрам в спортзале тренер, прознавший от самого же Володьки о его театральном романе, не то всерьез, не то в шутку выговаривал ему за ставшие вдруг снижаться результаты тренировки – опять, значит, ночью Клеопатру выносил?..

Людвига – так на самом деле звали Клеопатру, была внучкой известного немецкого ученого Вольта, дом ее поразил Володьку своим великолепием, относящимся, скорее, к старому времени – у Аникушина, например, и обстановка, и весь интерьер выглядели чересчур модерно, а потому казались Володьке дешевыми и даже какими-то временными. Сама Людвига, выезжая часто с театром в зарубежные гастроли (откуда привезла Володьке превосходное пальто и шведские сапоги, в которых он щеголял последующую пару зим, вызывая завистливые взгляды прохожих на ленинградских улицах), умудрялась еще и учиться на заочном факультете электротехнического института.

* * *

И все же театр Рачихин вскоре оставил, перейдя на работу в свой же институт кочегаром вечерней смены – так было удобнее, потому что ближе к общежитию, да и платили больше. А однажды, вернувшись с соревнований, он застал Людвигу с ее новым другом, чему неожиданно обрадовался, как будто перешагнул через очередной порожек своей жизни – и забыл о нем.

Но один уже быть не умел, а случайные, легко доступные связи перестали его занимать. Наверное, поэтому в зимнем доме отдыха почувствовал себя вдруг по-настоящему влюбленным, когда случайно столкнулся на занесенной снегом аллее с женщиной – в бежевых брюках и красной, отороченной мехом, куртке она промелькнула в группе возвращавшихся с лесной прогулки и, едва окинув его безразличным взглядом, скрылась за поворотом аллеи.

МОРЕ

А потом настал Артек. Тот, который отняли когда-то у Володьки и который не выходил у него из головы все последующие годы. Молоденькая девушка-секретарша быстро оформила ему направление ЦК комсомола, намекнув при этом, что не против и сама прикатить к нему в гости, оставив, по крайней мере на этот период, мужа. Она же, собственно, помогла заменить первое выданное Рачихину направление – тренером в общество „Спартак" – на это.

И Володька впервые увидел море. Он стоял на берегу пустого пляжа – одна смена пионеров уже уехала, другая была в пути – и размышлял.

– Как же так, – думал Рачихин, вдыхая полными легкими удивительный, замешанный на каких-то неизвестных ему красках, запах моря, – такая красота... Существует ведь в природе такое! – и вспоминал свое детство, вспоминал Васюганские болота, грязный и шумный базар с бродящими бесцельно между грубо сколоченных деревянных рядов демобилизованными солдатами.

Он вспоминал своих тогдашних дружков, которых уже нет и которым никогда не довелось увидеть ни это море, ни планирующих над самой волной, бегущей к пологому берегу, белых чаек, ни вдохнуть запах винограда, приносимый порывами ветра со склонов недалеких холмов...

∗ ∗ ∗

Работа физрука не казалась Рачихину трудной, скорее, она вообще не напоминала ему работу, а стала как бы перерывом, приятным и неутомительным, в нескончаемой череде дней прожитой им к тому времени жизни. Полтора года в Артеке прошли не то чтобы незаметно – они были наполнены новыми, недлинными и ни к чему не обязывающими стороны романами или знакомствами, о возможности которых

конечно, и спортивное прошлое – несмотря на порванные связки, удалось ему показать неплохой результат по прыжкам в высоту на отборочной университетской комиссии.

Правда, оставалась еще задолженность по математике – ее предстояло ликвидировать в течение семестра. Подумав немного, Рачихин попросился на первый курс – будучи уже зачисленным в университет, он мог начинать учиться сначала. И начал – вместе с сыновьями и дочерьми знаменитостей, составлявших значительную часть его группы: здесь были отпрыски маршала Еременко, партийного вождя Мазурова и многих других чинов и знаменитостей – элиты советского общества.

Все они были много моложе Рачихина, которому уже исполнилось 26, все они пришли прямо со школьной скамьи, и поначалу Володьке казалось, что он все еще в Артеке и окружают его школьники; только странно было, что не они у него, а он у них должен просить время от времени помощи – сказывались годы, проведенные без учебников и, чего скрывать, вообще почти без книг, до того ли было...

Соседка Рачихина по парте оказалась дочкой генерал-полковника, бывшего заместителя Штеменко по Генеральному штабу. С 61-го года он, выйдя на пенсию, преподавал в Академии Генштаба курс оперативного искусства. Дочь его звали Ритой. И на втором курсе она стала женой Рачихина. А до этого были скандалы с ее родителями, уход из дома, неудачный аборт, закончившийся тяжелым воспалительным процессом – когда Володька, устроившись в магазине чернорабочим, тратил получку на цветы, заполнившие всю палату, где лежала Рита.

Свадьбу справляли в Загорянской, на даче. В свадебном генерале нужды не было – хватало действительных представителей советского генералитета, пришли генерал армии Батов и маршал Малиновский... Еще запомнил Володька в чиле гостей Марка Бернеса, шахматиста Бронштейна – все они были, вроде бы, друзьями отца Риты.

А через год, в 67-м, родилась Аринушка. В ЗАГСе долго удивлялись – откуда, мол, выкопали такое имя, регистрировать не хотели, предлагая заменить на „Ирину".

* * *

С деньгами стало совсем туго. Помощь, оказать которую были всегда готовы Ритины родители, стесняла. Студенческих стипендий и случайных приработков едва хватало и до рождения Аринушки. Поэтому так кстати оказались летние поездки со студенческими строительными отрядами. Строили в Якутии водный канал, нужны были тысячи и тысячи рабочих рук, которых было не набрать ни в самой Якутии, ни среди завербованных. Володьку послали с 5-го курса, назначив неосвобожденным парторгом отряда численностью в 300 человек.

Работа была тяжелая – физическая и монотонная, а потому особого следа в памяти не оставила, составив из трехмесячной череды рабочих смен и скверной водки местного производства нечеткую, туманную расплывающуюся полосу отдельных эпизодов.

Запомнилась, к примеру, эпидемия холеры. Почему-то считалось, что уберечь от нее вернее всяких лекарств сможет парная. Поэтому стремились в баню при любой малейшей возможности. И опять пили водку, запивая ее местным же пивом. А месяц спустя, при чистке чанов на пивном заводе, обнаружили в одном из них скелет, который, как заключила авторитетная комиссия, составленная из работников милиции и представителей районной здравоохранительной системы, принадлежал рабочему пивоваренного цеха, пропавшему без вести некоторое время назад.

Еще запомнился недолгий, но чреватый опасностью для жизни, флирт с девчонкой, работавшей в расположившейся неподалеку от общежития аптеке: ее друг открыто угрожал оторвать Володьке, а заодно и бывшей своей невесте, головы,

академика Никифорова. Со второго курса университета приняли его инструктором физкультуры в Госкомитет по науке и технике, и четыре года работы там не прошли для него даром – помимо солидного приработка к студенческим стипендиям, оброс он надежными знакомствами, уровень которых позволял ему надеяться на благополучное устройство в жизни, мало зависимое от могущественного отца Риты и его окружения.

Но, кроме этого, получил он доступ к источникам информации, обычно простому народу не оглашаемой, – из частных бесед с сотрудниками Комитета, из случайно услышанных обрывков чужих разговоров нетрудно было заключить, что огромную армию чиновников, поставленных руководить научными исследованиями в масштабе страны, в первую очередь, интересует собственный престиж, непререкаемость собственных суждений (разумеется, не выходящих своей смелостью за рамки партийной директивы), возможность еще в какой-то раз выехать в зарубежную командировку, предпочтительно – не в Монголию или Польшу, но в Женеву или Париж, и только потом – интересы отечественной науки. Хотя, именно этими интересами и прикрывалась любая корысть.

Все это отлично понимали, но лицемерие, ставшее нормой в официальных отношениях друг с другом, а тем более с начальством, которое ничего другого и не ожидало от своих сотрудников... с подчиненными оганизациями, стремившимися сохранить любою ценой добрые отношения с опекающим их Комитетом – все это не только не мешало, но делало удобными и стабильными связи, наладившиеся между всеми участниками десятилетиями устоявшейся системы.

* * *

Рачихин принял правила этой игры, соблюдал их неукоснительно, и потому карьера его развивалась, если

уже приедаться. И от семьи, в чем Володька сам себе боялся поначалу признаться. Но было это правдою – для него самого внезапной и огорошивающей.

Он безумно любил Аринушку и помнил о ней каждый из 30 дней сибирской отлучки. Ему казалось, что он так же крепко любит Риту, но чувство к ней вдруг перестало мешать ему в знакомствах с другими женщинами. Связи эти оказывались всегда мимолетными и завершались для обеих сторон безболезненно – до тех пор, пока в госкомитетском доме отдыха „Спутник" не свела его судьба с Женей, шестнадцатилетней поварихой, поставленной на выпекание сдобных булочек к столу чиновных гостей кафетерия.

Рачихину шел тогда тридцатый год, разница в возрасте казалась огромной, и знакомство их ограничилось игрой в пинг-понг и прослушиванием пластинок в поселке Ивантеевке, в доме, где жила она со своей сестрой. Записи были западными, самыми новыми, тогда-то Володька впервые услышал диск рок-оперы „Иисус Христос – Суперстар", что, в сочетании с его влюбленностью в Женю, придало этому вечеру щемящую сердце окраску чего-то несбывшегося, несостоявшегося в его, Володькиной, жизни.

* * *

Прошло два года. Вернувшись однажды из очередной поездки в Сибирь, Рачихин нашел дома записку от Риты: „Жду тебя в Судаке, приезжай отдыхать". Раздумывая, стоит ли ему ехать в Крым или дожидаться приезда жены здесь, он механически листал страницы записной книжки – в любом случае, коротать время в одиночестве не хотелось, друзья о его приезде еще не знали, телефон молчал. Одним из первых попался номер Жени – записанный карандашом, он был почти неразличим на пожелтевших, затершихся листках блокнота, хранящегося в ящике письменного стола с тех пор, как нужные повседневно телефоны были

Вернувшись спустя неделю, они решили заночевать у Рачихина, чтобы утром первой же электричкой Женя смогла уехать к себе. Повернув ключ в замке, Володька потянул на себя дверь – она приоткрылась лишь настолько, насколько позволяла внутренняя цепочка. Рита была уже дома. Она сбросила цепочку и вопросительно посмотрела на Рачихина, ожидая, что услышит какое-то объяснение, позволившее бы считать, что ничего между ними не произошло, что разминулись они по какому-то недоразумению, заслуживающему разве что шутливого разбирательства и таких же шутливых взаимных упреков, и что жизнь продолжается – устоявшаяся, стабильная, рассчитанная на долгие-долгие годы.Рачихин, поначалу немало растерявшийся, не придумал ничего иного, как, приняв обиженный вид, – не следовало ехать в Судак, не дождавшись его, – почти не здороваясь, пройти к себе в комнату.

Рита, зажав щеки ладонями ставших вдруг непослушными рук, прошла в спальню. Убедившись, что дверь ее плотно закрыта, Рачихин вернулся на лестничную площадку: там из открытых дверей лифта испуганно выглядывала Женина мордашка. По ее загоревшим за минувшую неделю щекам скатывались слезы, смешиваясь с подтеками дешевой синеватой туши. Володька провел ее в свою комнату, уложил, не раздевая, на диван. К 6 часам утра, когда пора было отвести Женю к первому поезду метро, открылась дверь спальни – на пороге стояла Рита и молча глядела на замерших у выхода Рачихина и Женю.

* * *

Так закончился семилетний брак Володьки и Риты. Развод был спокойный, без эксцессов. Каждый из них чувствовал, что уходит из их жизни что-то невосполнимое, но никто не решился сделать первым шаг примирения. Или – не захотел.

Шел октябрь 73-го года. Рачихин уехал жить к Жене – на работе, а он к тому времени перешел в аппарат Комитета по науке и технике в отдел систем управления, с жильем обещали помочь, но не сразу. Рита постаралась с головой уйти в кандидатскую диссертацию, она работала над темой, связанной с системой образования в США.

Время от времени Рачихин виделся с дочкой. Аринушка, уцепившись за его руку, шла рядом по протоптанной в еще неубранном снегу, выпавшем на московские бульвары, тропке и декламировала по памяти строчки, которым когда-то научил ее отец: „Хороша была Танюша, краше не было в селе...".

– Папка, – спрашивала она, – а почему он убил Танюшу? Зачем же он ее – кистенем?

Рачихин терялся.

– Ну, может быть, случайно...

– Стихи красивые, а Танюшу жалко, – завершила эту тему Аринушка.

Сменили 5 или 6 квартир – сдавать, не расписанным законным браком, никто не хотел. Потом Рита сама предложила разменять их кооператив: ей досталась отдельная двухкомнатная, Рачихину – девятиметровая комната в общей квартире. И вскоре обнаружилось, что Женя беременна – уже на третьем месяце.

На свадьбу к ним пришли старые друзья, собралось человек 70, может, больше. Все они привыкли знать, что жена Володькина – Рита, все любили ее, все были против их развода. Однако к Жене отеслись тепло и с пониманием приняли ее, осознав неизбежность и необратимость состоявшегося.

На студии Рачихину сразу понравилось: они шли с Дудиным по длинным коридорам административного корпуса, а навстречу им или, обгоняя, проносились погруженные в свои дела десятки сотрудников и визитеров студии, важно дефилировала чиновного вида группа. Все составлявшие ее были в великолепно сидящих на них костюмах-тройках, явно не отечественного пошива и с солидными кожаными портфелями; центр этой группы – мордастый, с покатыми плечами и арбузообразным животом – явно подавлял остальных своею значимостью.

– Гляди, – Дудин острым локтем подтолкнул в бок Рачихина, – кинокомитетчики, коллеги – почти в полном составе...

Еще занятнее показалось Рачихину в съемочных павильонах, особенно в одном из них, где Птушко, незадолго до этих дней, заканчивал работу над „Русланом и Людмилой".

А потом состоялся разговор с будущим начальством. После недолгих расспросов, удовлетворившись наличием у Рачихина диплома экономического факультета МГУ и его заявлением о тяге к творческой работе, начальство бегло полистало вложенные в тоненькую папку, присланные уже сюда, отдельные странички из личного дела Рачихина и предложило ему должность, аналогичную дудинской – заместитель директора картины. Из чего Рачихин заключил, что вопрос был проработан и решен еще до его прихода – инстанциями, с которыми „Мосфильм" должен сохранять самые добрые отношения. Дудин оказался человеком слова.

* * *

Первые съемки, на которых досталось работать Рачихину, оказались „Сибириадой". Кончаловский уже заканчивал работу над фильмом, но оставалась одна из самых трудоемких в подготовке сцен – пожар на буровой. К съемкам ее в Башкирии готовились больше двух месяцев: завезли и

ченко был одной из самых первых его работ), произнес „Хорошо играет... Кто этот народный артист?" И на другой же день в центральных газетах был опубликован Указ Президиума Верховного Совета, закрепляющий законодательным порядком пожелание великого вождя.

Большая часть фильма, который досталось спасать Бондарчуку, должна была сниматься в помещениях научно-исследовательского учреждения – так требовал сценарий. Рачихин, пользуясь старыми связями, быстро договорился с Комитетом по науке, оттуда последовало несколько звонков, и вскоре, в одном из подведомственных Комитету учреждений, на несколько месяцев прекратилась всякая деятельность – кроме той, которая была непосредственно направлена на обеспечение производимых в нем съемок фильма.

Бондарчук оценил возможности Рачихина и на банкете, завершившем приемку фильма госкомиссией, подошел к его столику, положил руку на плечо и сказал – достаточно громко, чтобы слышали все сидящие здесь: „Будем работать вместе!" Не знал тогда ни именитый режиссер, ни сам Рачихин, что следующая их совместная работа, до которой должны будут пройти годы, окажется для Рачихина завершающей его путь в советском кинематографе.

А пока Володька, получивший новую для себя должность, ставившую его в один ряд с действительно творческими работниками, – он теперь назывался ассистентом режиссера – продолжал трудиться в разных съемочных группах „Мосфильма" с Гайдаем, Климовым, Кольцовым... На съемках „Прощания с Матерой" – в зарубежном прокате эта картина стала называться „Фароувел" – он сблизился дружески с Климовым. Элем же и предложил ему сняться в небольшой роли пожегщика – так называлась профессия уничтожителей огнем, то есть „пожиганием", того, что еще оставалось от старых русских деревень.

Рачихин доставал для этих съемок корабли на воздушной подушке – настоящие, выделяемые по нарядам

сцену – со священным деревом. Рано утром все они ехали в мосфильмовской „Волге", направляясь на съемки. За рулем сидел бывший лейтенант ГАИ, оставивший свою службу в милиции ради возможности быть ближе к покорившему его искусству кино. Шедший по встречной полосе огромный КРАЗ не сумел войти в изгиб шоссе.

Вызванные аварийные команды несколько часов резали автогеном то, что осталось от „Волги", вызволяя из ее сплющенного кузова останки пассажиров – Шепитько, Чухнова, Фоменко, заместителя директора картины, с которым Рачихин был знаком шапочно и фамилии его никогда не помнил, и самого шофера...

Сценарий „Матеры" наскоро переписали, поручив съемки фильма Климову.

А потом утонул Женя Карелов – талантливый режиссер, успевший снять „Нахаленка", „Двух капитанов"; еще несколько его работ были сделаны в рамках партийного задания „Мосфильму", а потому особого следа в кинематографе не оставили. В тот год, разойдясь с женой, оставившей его, поскольку любил Женя выпить и пил много, он сошелся с одной из самых способных художниц „Мосфильма", красавицей Таней, которой и самой в личной жизни не было везения – один за другим у нее погибли два мужа. Выйдя из очередного запоя, Карелов уехал в Гагры, в Дом творчества. В первый же вечер с актером Евгением Матвеевым вышли они на пляж, отплыли метров за сорок, не больше, в море. Из этого заплыва Женя не вернулся.

Татьяна, узнав о гибели третьего мужа, вскрыла себе вены. Отец ее, режиссер студии научно-популярных фильмов, случайно заглянул в ванную комнату, обнаружил истекающую кровью дочь, вызвал „скорую". Таню спасли, а через неделю с отцом ее случился смертельный инфаркт. Рачихин помогал хоронить его. И потом, после нелюдных поминок, они долго сидели вдвоем с Татьяной.

– Ну вот, не прошло и трех лет! – приветствовал его на последовавшей за этим разговором встрече Бондарчук. – Будешь исполнять обязанности второго режиссера, заграндокументы на тебя готовятся. А пока изучай, как совершалась революция.

Фильм ставился о жизни Джона Рида, американского журналиста, чьи коммунистические взгляды и симпатии привели его, вместе с супругой, в Россию первых большевистских лет. Сценарий был написан еще лет десять назад и лежать бы ему на полках еще не один год, поскольку в числе главных действующих лиц его были Троцкий, жуткой памяти однофамилец сценариста Ежов, Каменев, чьими руками в действительности творилась подготовка и совершение российской революции. Но вот появились „РЭДС“ – „КРАСНЫЕ“ Уоррена Битти, и Суслов лично дал сценарию добро.

Пытались договориться с Госдепартаментом Соединеных Штатов, чтобы позволили отснять отдельные сцены в Нью-Йорке и Питтсбурге, но получили отказ – шел 80-й год, отношения между двумя странами оставляли желать много лучшего, а тут – фильм об американском коммунисте... Решили довольствоваться Мексикой, тем более, что и там Джон Рид оставил по себе определенную память своим пребыванием в не самое лучшее для этой страны время.

* * *

И Рачихин стал исследовать большевистскую революцию. Он рылся в закрытых архивах Ленинской библиотеки, обнаруживая в старых газетах материалы, содержание которых порою потрясало: например, откуда ему было раньше знать о дружбе Ленина с Бенито Муссолини, о часах, проведенных будущим вождем будущей революции за биллиардом с основателем фашистского движения. Или о том, как лысеющий

* * *

Еще в период работы с Гайдаем над фильмом „За спичками", съемки которого велись вблизи советско-финской границы, шоферы, обслуживающие группу и набранные из местных автобаз, показывали Рачихину тропки, которыми уходили в сторону Финляндии беглецы. Из этих рассказов следовало, что не всех их отлавливали и возвращали – с закрученными за спину руками, иногда истекающих кровью от полученных огнестрельных ран, – назад, на свою территорию. Кто-то уходил навсегда, следы его обычно терялись, и лишь изредка, слушавшие передачи иностранного радио, угадывали в коротких информационных сообщениях искаженно звучащие имена своих бывших соотечественников, на которых органами милиции был недавно объявлен всесоюзный розыск.

Для Рачихина понятие „заграница" оставалось все еще связанным лишь с рассказами коллег, чья служба предполагала и, время от времени, позволяла зарубежные вояжи... ну и со шмотками, привозимыми ими оттуда – в которых, кстати, у самого Рачихина недостатка не было благодаря приличным заработкам Жени, ставшей одной из самых успешных парикмахерш в модном салоне на Сивцевом Вражке. И не то, чтобы заграница казалась ему совершенно недосягаемой – был ведь упущенный по его собственной вине шанс поездки в олимпийский Токио.

В общем-то, никогда он не терял веры, что раньше ли – позже ли, но доведется ему жить где-то в другом мире. При этом представлялся ему почему-то ни какой другой город, но Сан-Франциско. А сынишка, родившийся три года спустя после Катеньки и названный Венедиктом, – в память погибшего на фронте деда, – когда отец, взяв его на руки, подносил к большой карте мира, вывешенной в прихожей, откликаясь на просьбу показать, где Америка, всегда тянул ладошку с растопыренными пальчиками и прикрывал ею Лос-Анджелес. Почему?..

которых выглядывали горлышки бутылок шампанского или марочного коньяка, непрерывно взрывающимся заливистой трелью телефоном, да и самим отцом, старавшимся в любую свободную минуту потискать его в объятиях, он решительно не хотел засыпать. А может и он, привычный к частым командировкам Рачихина, чувствовал что-то необычное и даже роковое для себя именно в этом отъезде отца?

МЕКСИКА

Многочасовой перелет с континента на континент не показался ни долгим, ни скучным. Еще перед трапом самолета, во время посадки, обратил Рачихин внимание на группу рослых, спортивного склада ребят, по виду которых было нетрудно заметить, что международный Шереметьевский им не в новинку. Лицо одного из них показалось Рачихину настолько знакомым, что он поначалу растерялся, чувствуя свою беспомощность в попытках угадать – кто же этот парень с короткой стрижкой, постоянно поправляющий замшевую куртку, небрежно наброшенную на слегка покатые плечи.

В самолете группа, на которую Рачихин обратил внимание при посадке, разместилась на несколько рядов позади него; в кресле рядом сидел молодой мексиканец, как позже выяснилось, – аспирант Плехановского института, а значит, каким-то образом сосед Рачихина по Серпуховке. Впереди, в рядах кресел, составлявших привилегированный первый класс, летел кинематографический министр Ермаш, направлявшийся в Гаванну укреплять деловые и творческие контакты подведомственного ему Комитета с соответствующими кубинскими учреждениями.

Когда самолет набрал высоту, и табло с предупреждающей надписью погасло, Рачихин, отстегнув ремень, поднялся с кресла и, сделав несколько шагов по узкому

Вскоре за счет достаточного числа свободных мест в салоне они пересели таким образом, чтобы в их кругу оказался и Рачихин, и его сосед-мексиканец. В полете много не пили, ограничившись разносимыми стюардессой бокалами с шампанским – правда, в количестве неограниченном. Зато условились, что в ближайшие дни приедет к ним Рачихин погостить в Олимпийскую деревню – до того, как команда, отыграв положенное число встреч, перелетит на Кубу, чтобы продолжить свои выступления уже там.

* * *

В Мексико-сити Бондарчук в первый же день прилета, не дав Рачихину и пару часов, чтобы привести себя в порядок, – только душ и смена дорожной одежды – потащил его на студию знакомить с иностранными участниками съемочной группы.

– До начала работы 5 дней, отдохнуть успеешь, а сегодня – первая общая встреча, – объяснял он, пока казавшийся Володьке огромным, как корабль, „Шевроле" вез их по нескончаемым улицам города. Смертельно уставший в перелете Рачихин рассеянно слушал его наставления, что-то отвечая на вопросы, связанные со студийными делами, и иногда, поверх приспущенного бокового стекла, пытался рассмотреть проносившиеся мимо фасады зданий, витрины магазинов, почти сплошь занимавшие первые их этажи, уличную толпу, пестрящую яркими красками легкой одежды.

В этот вечер Рачихин познакомился с Франко Неро, приглашенным на роль Джона Рида – в фильме должна была также играть его бывшая жена Ванесса Редгрейв, но что-то не состоялось, и предназначавшаяся ей роль была отдана другой, тоже западной актрисе.

Следующие дни обещали быть свободными, и первый из них Рачихин употребил на закупку гостинцев, которые мексиканец-аспирант обещал передать Жене в Москве –

начал вдруг поругивать по каким-то поводам советские порядки и как гэбешный „сморчок", ставший вдруг трезвым и внимательным, трепал его дружески по плечу, подливал „Столичную" в его рюмку и повторял:

– Хорошо, Володечка, говоришь, оч-ч-чень интересно говоришь, давай отдельно встретимся, потолкуем наедине!..

На что Осипов, услышавший его напряженный шепот, кричал – так, чтобы всем сидящим рядом было слышно:

– Да заткнись ты, отцепись от человека, брось дурака валять – наш он, свой! – и на всякий случай оттаскивал Рачихина от „сморчка" в другой угол зала.

В одну из таких минут Володька, сам от себя такого не ожидая, вдруг стал объяснять Осипову, что останется он в этой поездке и в Советский Союз не вернется, скорее всего, будет жить в Сан-Франциско, куда он готовился переехать всю свою сознательную жизнь. Осипов плакал, прощально прижимая Володьку к своей груди, как бы понимая непреклонность его решения, но вслух не переставал говорить – не дури, я за пятнадцать лет весь мир объездил, лучше России нет для нас места, только там можно жить русскому человеку... Отснимешь фильм, вернешься – все для тебя будет, купаться будем в лучших бассейнах, париться в лучших саунах...

Володька тоже плакал, наполняя вновь и вновь свою и Осиповскую рюмки и приговаривая – нет, не вернусь... Сквозь вязкий дурман алкоголя он точно понимал, что каждого произнесенного им слова, прими их несведущие люди всерьез, вполне достаточно, чтобы посадить его тут же, забрав прямо с банкета, в самолет и отправить назад, в Москву (о том, что было бы потом, по возвращении, и задумываться не хотелось). И каким бы близким и заслуживающим доверия ни стал казаться ему в той поездке Осипов, что стоило тому предположить, что Рачихин попросту провоцирует его...

– Да так, перед баталией, пусть останется память.

Эту пленку Рачихин потом передал мексиканцу-аспиранту вместе с чемоданом, чтобы отдал ее Жене – так она и затерялась.

Потом отработали еще несколько сцен, простых, не актерских – где-то проезжает телега, где-то скачут кавалеристы. Съемки подходили к концу. Как-то в один из завершающих дней Рачихин заглянул рано утром в комнату еще не проснувшегося директора картины.

– Сегодня день свободный, хочу мотануть в Мексико-сити: пора готовить подарки семье.

– Езжай, остановишься в „Хилтоне“, там номера пока за нами, в случае чего – заночуешь. Не прозевай завтрашние съемки – начинаем не позже 11 утра.

Когда Рачихин вышел из гостиницы, на плече его болталась красная брезентовая сумка, в которой уместился двухтомничек Пушкина, трусы-носки и фотоаппарат. Во внутреннем кармане спортивной куртки топорщился необтрепанными и потому жесткими еще уголками новенький паспорт гражданина СССР – его специальное издание, выдаваемое командируемым за рубеж.

На тротуаре, у самого входа в гостиницу, он увидел Левана Шенгелая, художника фильма. Выглядел тот утомленным – может, сказывалось напряжение жесткого графика съемочных дней, может, прожитые им 65 лет. Хотя, похоже было, спать он с вечера вообще не ложился.

– Чего это он?.. – подумалось Рачихину, а Шенгелая уже спрашивал его, цепко придерживая за оттянувшийся рукав куртки:

– Куда ты?

– Да вот, собрался в Мексико-сити за гостинцами...

Шенгелая разжал пальцы, рукав куртки распрямился, приняв свою прежнюю форму и плотно облегая холодящей синтетической, не успевшей еще согреться тканью, руку

Этот дом Рачихин оставил лишь к исходу третьего дня – когда уже все газеты пестрели сенсационными сообщениями о пропаже сотрудника советской съемочной группы. Рачихина искали – и мексиканская полиция, и сотрудники КГБ, прикомандированные к советскому посольству, и сами члены группы: оставалась все еще надежда, что не сбежал Рачихин насовсем, а по молодости лет забурился, прощаясь с заграницей, к местной подруге и, не рассчитав силы и утратив счет времени, вместо нескольких часов задержался на все три дня.

Частично это предположение было справедливо, потому что, действительно, возник у него короткий роман с укрывавшей его женой мексиканского литератора – короткий, но заставивший Рачихина на какое-то время забыть о цели пребывания в ее доме. В нечастые минуты просветления хватался он за карманного формата русско-английский словарик, подаренный ему на прощание Любовью Викторовной, беспомощно перелистывая его страницы с микроскопическим шрифтом, составлявшимся в слова почти незнакомого ему языка.

По отпечатанным на глянцевой бумаге крупномасштабным картам, собранным в атлас Северной Америки, он пытался определить будущий маршрут перехода границы. Иногда ему казалось, что местом перехода должен стать Техас, потом становилось очевидным, что самым безопасным и надежным было бы пытаться уйти через районы, граничащие с Калифорнией, – где-то под Сан-Диего.

* * *

А тем временем в газетах ежедневно появлялись фотографии Рачихина с призывами к читателям сообщить в советский консулат любую информацию, связанную с его исчезновением; с тем же призывом обращались к населению вещающие на испанском, португальском и английском язы-

невысокий, лысоватый, с коротко стриженными усиками, человек – совсем такой, каким Рачихин в детстве представлял себе шпионов, засылаемых в его страну иностранными разведками.

– Так это вы – Рачихин? – обратился он к сидящему обняв колени ослабевшими вдруг руками Володьке. Говорил он по-русски чисто, без акцента, что еще больше укрепило Рачихина в его представлении о том, как должны выглядеть шпионы. – Ну, идем!

Он провел Рачихина через турникет, отделявший приемную часть от остальных посольских помещений. Здесь содержимое Рачихинской сумки вытряхнули на стол, тщательно осмотрели и вернули хозяину. Затем его провели в служебный кафетерий, где вскоре появился огромного роста, одетый в цивильное, американец. Используя помощь Германа, – так звали говорящего по-русски сотрудника посольства, происходившего из семьи старых русских эмигрантов, – он обрушил на Рачихина град вопросов, почти не делая между ними перерывов и не особо вслушиваясь в ответы Рачихина.

Потом, в небольшой конторке с одним столом и приставленными к нему стульями, Герман помогал Рачихину заполнить десятки граф в нескончаемо длинных анкетах, водил его в соседнюю комнату фотографироваться. А к исходу дня сообщил, что главный эмиграционный офис в Вашингтоне на сегодня работу свою закончил и последующие два дня он тоже будет закрыт в связи с национальными американскими праздниками.

– Как же так? – растерялся Рачихин. – А куда мне деться?.. Меня же ищут!

– Знаешь, – предложил Герман, немного подумав, – едем ко мне.

Оставить здание посольства оказалось не так просто – вокруг него уже кружили легко узнаваемые Рачихиным чиновники советского консулата и вполне открыто дефилировали наряды

канский пограничник, пожилой, с морщинистым лицом, в мешковато сидящей форме, войдя в автобус, окинул быстрым взглядом сидящих в нем немногих пассажиров и направился прямо к Рачихину.

– Паспорт! – коротко бросил он, протянув руку.

Открыв синюю книжицу на странице, где предполагался штамп визы, дозволяющей въезд в США, он жестом пригласил Рачихина выйти из автобуса. „Все! – понял Рачихин, – сейчас дадут выспаться – за все трое суток...“

В небольшом домике, стоявшем прямо у шлагбаума, офицер, сличивший фотографию в паспорте Рачихина с его физиономией, сел за пишущую машинку, заправил разграфленный лист бумаги и долго что-то впечатывал в него, время от времени листая странички лежащего на столе паспорта.

Несколько раз Рачихин пытался прервать его занятие; путая немногие знакомые ему английские и мексиканские слова, он повторял: Амиго, но Раша, плиз, Америка! – и, приставляя указательный палец к своему виску, показывал, что с ним, Рачихиным, будет, если его вернут советским. Кончив печатать, офицер вывел Рачихина на улицу, где их уже поджидал потрепанный джип с сидящим в нем офицером полиции.

– Оружие есть? – спросил офицер по-английски. Рачихин вопрос понял и только развел руками. Офицер пригласил его сесть на переднее сиденье, и машина резко рванула с места.

* * *

Дорога была пустынной, только силуэты деревьев и столбов, с провисшими между ними нитями почти не видных в ночи проводов, мелькали по одну сторону, другая сторона была вовсе ровной и утопала в густой тьме. Володька косился на кобуру, болтавшуюся на бедре водителя, и думал: выхватить пистолет, грохнуть из него – и бежать дальше, к границе.

и выходили какие-то люди; иные из них были в пограничной форме, иные – в штатском. Через какое-то время – он сам не знал, сколько прошло от его прибытия сюда – вошел офицер, который чем-то привлек внимание Рачихина.

Стряхнув наползавший сон, Рачихин вскинул голову, всмотрелся и понял: этот офицер отличался от других своим европейским, скорее всего, испанским типом лица, выше среднего ростом, общей подтянутостью, не присущей его коллегам-мексиканцам. Рачихин решился. Он поднялся навстречу вошедшему.

– Сэр, пи-пи... – обратился он к офицеру, дополняя жестами смысл своей просьбы.

Они вышли во двор, офицер указал ему на небольшое бетонное строеньице, стоявшее неподалеку, может быть, в десятке метров от двери, ведущей в служебные помещения заставы. Войдя в уборную, Рачихин нашарил в боковом кармане сумки пакетик с двенадцатью металлическими советскими рублями, вытащил одиннадцать штук, едва уместившиеся в ладони. Выйдя из кабины, он подошел к офицеру, поджидавшему его, и, убедившись, что на них никто не смотрит, стал совать серебряно поблескивающие ликами Ленина кружочки в руки офицера, убедительным шепотом и настойчиво повторяя – Америка... Америка. Офицер улыбнулся, сунул монеты в карман кителя и подвел его к шлагбауму. Из будки выглянул пограничник:

– Сорок песо, – произнес он, почти не взглянув на Рачихина. Рачихин протянул бумажку достоинством в 500 песо и помахал рукой, показывая, что сдачи ему не надо. Шлагбаум, закрывавший дорогу, поднялся, и Рачихин, осторожно ступая по бетонному настилу перекинувшегося над рекой моста, направился в Америку.

Этот километр, отделяя Рачихина от другого берега, казался ему сейчас равным всему пути, проделанному от Мексико-сити до Рио-Гранде: его не оставляло ощущение, будто в спину ему уже наведен ствол карабина и вот-вот

самого выхода он наступил на валявшийся на кафельном полу американский доллар. Рачихин поднял его, расправил, аккуратно сложил и запрятал в куртку – американская земля встречала его сувениром, который мог явиться добрым предзнаменованием к ожидавшей его здесь жизни.

* * *

Наконец, приехала переводчица – с мужем и детьми, которых она, после первых же минут знакомства, отправила в „Хилтон“ за едой для Рачихина. С ее помощью все формальности вскоре были закончены. К вечеру на заставе появились новые офицеры. Их было двое, и этих уже ни с кем перепутать было нельзя – они были явно американскими парнями, точно такими, какими их представлял себе Рачихин по „Великолепной семерке“ и другим фильмам, которые просматривал он, в свое время, в закрытых для широкой публики залах Кинокомитета.

– Поехали! – после короткого знакомства скомандовал один из них.

– Куда? – Рачихин рассчитывал, что хоть в эту ночь ему удастся, наконец, отоспаться – пусть даже здесь, на голой скамье, только бы больше не двигаться, не слышать ничьих голосов, задающих ему нескончаемые вопросы...

– Едем в Лоредо.

Лоредо оказался небольшим городком, разделенным границей на две части – американскую и мексиканскую. Сначала остановились у дома, где жил один из сопровождавших его офицеров, вошли в него. Хозяин, представив Рачихина своей жене, ушел в другие комнаты, а спустя несколько минут вернулся – уже в простой, видавшей виды ковбойке, застиранных джинсах, опоясанных широким ремнем с небрежно засунутым за него револьвером.

Вышли, подъехали к следующему дому – там все повторилось в той же последовательности: знакомство с женой,

Наконец Рачихин оказался в отведенной ему комнате. Стянув носки, он уже представлял себе, как, приняв впервые за четыре дня дороги душ, укладывается в холодящую свежими простынями кровать... Но в дверь постучали: хозяин извиняющимся тоном объяснил Рачихину, что, по-видимому, оставаться ему здесь нельзя.

Рачихиным овладело полное безразличие – ему уже стало все равно, куда его теперь везут эти двое, облаченных в кожаную униформу, патрульных, как долго будет длиться поездка... Под жестоким ливнем, образовавшим в считанные минуты глубокие лужи, в которых почти на треть своей высоты утопали колеса джипа, они подъехали к загородному мотелю. Один из сопровождавших вышел первым, внимательно осмотрел подступы к зданию гостиницы, обошел его вокруг, вошел внутрь и почти сразу поманил жестом из остававшихся приоткрытыми дверей сидящих в машине.

Рачихину была подготовлена просторная комната, расположенная на втором этаже в самом конце коридора, упиравшегося в глухую стену. Приняв душ, он натянул на голову одеяло, которым была застлана широченная кровать, пытаясь укрыться им от звука включенного телевизора: офицеры, выложив пистолеты на стол и забросив на него же ноги, смотрели, откинувшись в креслах, какой-то ковбойский, кажется, фильм.

А Рачихин вопреки чудовищной усталости опять не мог уснуть – ему казалось, что стоит ему задремать, офицеры накинут ему на голову подушку, приставят к ней свои огромные револьверы и... Он понимал абсурдность своего страха, но при каждой попытке погрузиться в сон с удивительной настойчивостью возникала в его воображении все та же картина. Он вздрагивал, открывал глаза, уставившись в мутноватые отсветы проникавших под одеяло бликов экрана работающего телевизора, вслушивался в звуки, доносящиеся извне.

за телефонным разговором с Нью-Йорком бесед с новыми фигурами в этом повествовании. Допрашивали его двое – сотрудник ФБР и сотрудник ЦРУ, при первой же встрече предъявившие Рачихину свои удостоверения. И хотя беседы эти вроде бы не были допросами – если не считать сопутствующих им новых и новых анкет, где все вопросы, на которые он многократно уже ответил, повторялись снова и снова – сотрудник ФБР, ведший главным образом беседу, с нарочитой настойчивостью спрашивал Рачихина – не агент ли он КГБ? – сам смеялся вместе с отшучивающимся Рачихиным, а спустя некоторое время, снова повторял:

– Ну, а все-таки, скажи по-дружески, не для протокола, зачем тебя послали?

Он похлопывал Рачихина по плечу, извинялся за свой не вполне совершенный русский, спрашивал, не мог бы Рачихин дать ему пару уроков, и, во время коротких перерывов, наклонялся к нему через ресторанный столик, подмаргивал и опять:

– А долго тебя готовили к засылке?

Цэрэушник большей частью молчал, изредка лишь обращаясь вполголоса к Рою – так звали его коллегу – с короткой английской фразой.

В эту ночь Рачихин спал крепко, до 9 утра никто его не тревожил. Во время завтрака к нему подсел Рой.

– Сегодня летишь в Лос-Анджелес!

Остаток дня ушел на знакомство с Сан-Антонио, по которому Рой возил его в стареньком „Форде“, показывая университетский комплекс, здание старого костела, свой дом, наконец. А к десяти часам вечера Рачихин уже сидел, откинувшись, в узком, но достаточно удобном кресле небольшого, по сравнению со стоявшими рядом лайнерами, „Боинга“, перекатывая во рту леденец и ожидая взлета. Прощаясь у самого трапа, Рой, среди прочих напутствий, несколько раз повторил, так, чтобы Рачихин запомнил:

АМЕРИКА

Выйдя по узким коридорам в зал ожидания, Рачихин почти сразу увидел стройную, лет двадцати, не старше, блондинку, державшую над головой картонный плакатик с выполненной ярким фломастером надписью – „Билл Рич". В небольшом мотеле в Санта-Монике, куда она отвезла Рачихина, после регистрации у портье, занявшей не больше двух минут, они пришли в снятую для Рачихина Толстовским фондом небольшую комнату – здесь ему предстояло провести ближайшие недели.

Рачихин сбросил куртку, достал из сумки припасенные им в самолете бутылочки с водкой. „Чем черт не шутит, – думалось ему, когда он разглядывал худенькую, облаченную в джинсовый костюм фигурку доставившей его девушки, – Америка, все же..." Отказавшись, однако, составить Рачихину компанию и предупредив, что назавтра за ним заедут из Толстовского фонда другие сотрудники, девушка в последний раз улыбнулась ему и исчезла в дверях.

Так начался первый день Рачихина в Лос-Анджелесе – в городе, о котором Рачихин знал пока ничтожно мало, никак не предполагая, что именно Лос-Анджелес станет на ближайшие годы его домом, олицетворив собою страну, в которой ему теперь предстояло жить.

* * *

Люди, близко знавшие Рачихина и ставшие ему здесь друзьями, – нет, скорее, приятелями, потому что настоящие его друзья оставались там, за тридевять земель, в покинутой им России, – не переставали поражаться, как им казалось, беззаботности Рачихина. Среди незнакомых людей, говорящих на чужом языке и живущих по чужим ему законам и правилам, Рачихин пытался устроиться таким образом, чтобы исключить для себя возможность войти в их среду или позволить своей новой судьбе пересечься каким-либо образом с их судьбами.

Почему так?

«Успеется... » – говорил он себе. Успеется – когда? Этого он не загадывал. Но ощущал, как, едва пришедшее к нему в Лос-Анджелесе состояние покоя и надежности, пропадает при попытке американцев, даже самых доброжелательных, заговорить с ним. Боялся он их? Вряд ли... Если и боялся – то не этих, улыбчивых, выбрасывающих при знакомстве руку вперед, не в полупоклоне, по-европейски, а напротив, слегка откинувшись назад и смотрящих прямо в глаза собеседнику.

Наверное, кто-то из них мог бы помочь ему. Хотя, как? О работе, приносящей серьезный заработок, он просто не думал, довольствуясь более чем скромным пособием, выдаваемым Толстовским фондом, а когда пособие иссякло – случайными заработками, большей частью в домах старых русских эмигрантов, встреченных им в церкви.

Он помогал крыть крыши, расчищал запущенные дворики их далеко не новых домов, раскинутых по далеким друг от друга районам огромного города и его предместий, плотничал, замешивал бетон, устанавливал подпорки к заваливающимся заборам, огораживающим участки, и покрывал их неяркой охрой. Немного при этом сгодился опыт поездок со студенческими отрядами – немного, потому что там физическую работу выполнять ему почти не приходилось, ею занимались подопечные Рачихина.

По памяти он пытался повторить приемы, используемые при той или иной починке, получалось не всегда профессионально, но добросовестность, которую он вкладывал в свой труд, не оставалась незамеченной – его звали на помощь, иногда оставляя у себя в доме на месяц-другой, пока не кончалась работа. Бывало, что у каких-то хозяев он приживался, становясь как бы членом их семьи и постоянным помощником в доме – тогда на полгода, а то и полный год пропадала забота о своем жилье, на аренду которого надо было бы выкраивать большую часть и без того скудного заработка.

* * *

Однажды совершенно случайно досталось ему консультировать студенческие съемки в Институте кино. Там Рачихина познакомили с известным киноведом, другом Боба Осборна, Френсиса Копполы и многих других голливудских знаменитостей – Бобом Чарлтоном. Переболев в детстве полиомиелитом, оставившим его на всю жизнь частично парализованным, Боб, тем не менее, вел активную жизнь.

Его 65-летний возраст не мешал ему самому работать на монтаже фильмов, читать лекции в университетах, руководить студенческими работами. Он-то и порекомендовал Рачихина студии „Нью уорлд-филм", где Володьке предложили четыре месяца работы неговорящим дублером Клауса Кински. Именно во время этих съемок Рачихину стало окончательно понятным – в американском кинематографе ему ничего не светит, поскольку ни его английский (точнее, отсутствие такового), ни специфический опыт работы, полученный Рачихиным на „Мосфильме", никоим образом не способствуют какой-либо карьере здесь, в Америке.

Правда, случилась еще одна работа, о которой Рачихин предпочитал помалкивать: в первом и пока единственном русском порнофильме он сыграл (пожалуй, профессиональнее и ярче всех других его участников) одну из главных ролей – советского партийного бонзу, сладострастного и разнузданного во всесилии своей должности.

Володька хорошо помнил эти съемки. Его приятель, бывший ленфильмовец, продав таксомоторы (заработал он их десятком лет кручения шоферской баранки по джунглям лос-анджелесских улиц), сделал отчаянную попытку пробиться в американский киномир. С парадного подъезда

Голливуда, осаждаемого тысячами честолюбивых и часто талантливых претендентов, съезжающихся сюда со всего мира, сделать это было, скорее всего, невозможно – на этот счет приятель мало обольщался.

И он выбрал черный ход – снял порнофильм. Не обычный – с условным сюжетом и стандартными, переходящими из картины в картину крупными планами соития – какие сотнями крутят в пусси-кэтах. Подобные эпизоды, конечно же, и в его ленте были. Главным отличием фильма должен был стать довольно приличный сценарий на русскую тему, и, как предполагалось, снимаемый с русскими же актерами –на мужские и женские роли.

С женскими вышла заминка: согласившиеся поначалу бывшие россиянки запросили самоотвод – несмотря на заверения продюсера, что русской эмигрантской аудитории фильм показан не будет. Пришлось заменить их американками, для которых подобные съемки были второй, а то и третьей профессией. Вознаграждение, предлагаемое будущим участникам фильма, было, можно сказать, микроскопическое, совсем не голливудское – отсюда, видимо, и качество оставшихся на актерский отбор: несколько кандидаток, узнав размер ожидавшего их гонорара, участвовать в просмотре сразу отказались – а это были самые молодые и самые миловидные, видимо, не утратившие еще веры в свое замечательное будущее, расцвеченное яркими огнями рамп Большого Кино.

На главную мужскую роль тоже отобрался американец, превзошедший профессиональными данными, совершенно необходимыми для этой роли, всех русских кандидатов. Рачихин, согласившийся взять на себя исполнение эпизодической, но чрезвычайно колоритной роли партийного босса, напросился присутствовать на отборочном просмотре актрис.

Просмотр проходил в квартире продюсера, которую тот снимал в небогатом районе Голливуда и которая потом

голенькую актриску, отобранную на роль его секретарши и любовницы, – вжаривай, туды их перетак, за родину, за партию!..”И именно эти эпизоды вселяли теперь в Володьку уверенность, что себя-то он сыграет лучше любого актера.

Достоверности исполнения Рачихиным этой роли немало способствовало близкое его знакомство со способами, которыми тайно развлекались представители советской элиты – Рачихину самому, и неоднократно, доводилось в свое время участвовать в оргиях, устраиваемых теми в загородных охотничьих домиках и закрытых для черни саунах.

* * *

А еще Рачихин писал стихи. Сотни разлинованных тетрадных страниц покрывал он неровными колонками своего крупного полудетского почерка. Писалось, в основном, о России, о женщинах, которые остались там. И еще – о природе, чаще всего о лесах и щебечущих в них птицах: такие стихи хорошо было читать приятелям и их подругам, собравшим вокруг Рачихина некий замкнутый круг, редко пополняемый новыми лицами, но зато и ставший вполне постоянным за счет десятка образовавших его человек.

Преимущественно все они были русскими – по национальности, не по принадлежности к последней волне российской эмиграции, выплеснувшей на берега Америки четверть миллиона беглецов из советского рая. Собравшись на чьей-нибудь квартире, они проводили часы, иногда с самого утра и до поздней ночи, за столом, уставленным бессчетным числом бутылок и блюдами, нагруженными традиционной русской снедью.

Песни, которые пелись во время этих застолий, тоже были русскими – иногда старинными, чаще – советскими. Особенно любимы были те, сложенные в последнюю войну, затопившую кровью не только оставленную ими страну, но весь евразийский материк: про темную ночь, про девушку,

шении его будет написана книга, авторами которой станут участники пробега.

Рачихин успел зажечь этой идеей профессора 1-го Медицинского института, который брался сконструировать специальный велосипед для поездки, приводимый в движение не только ногами, но и руками. Леша Петров, друг Рачихина, имевший титул чемпиона мира по велосипедному спорту, брал на себя Спорткомитет. Противников такой поездки практически не было, формальная поддержка высказывалась и Федерацией велоспорта, и, в частном, правда, порядке, многими должностными лицами других учреждений.

Оставалось решить два вопроса – финансирование и выездные визы для предполагаемых участников пробега. На том дело и закончилось.

Сейчас Рачихин думал, что идея его куда ближе к реализации, нежели в те годы. Он вычертил на карте маршрут предполагаемого пробега и предложил его нескольким фирмам, выпускающим велосипеды. И опять – никто против не был, идея нравилась. Но Рачихин не являлся гражданином США и на вопрос: „Под каким флагом поедете?" – ответа не находил.

Рачихина не было, потому что заработки его были случайны и невелики, жилье непрерывно дорожало, и Рачихин, скрепя сердце, перебрался со своими скромными пожитками в княжеский домик.

Здесь-то, на восьмом месяце жизни в Лос-Анджелесе, Рачихин встретил Куколку. Люда, таким было ее настоящее имя, приехала в Америку за несколько лет до этого, используя приглашение бывшего мужа, с которым развелась еще до его выезда из России, где-то году в 75-м. При этом решались сразу две задачи: Бен (так здесь стали называть отца росшего у Люды мальчишки) получал своего сына, вернее, – возможность часто видеть его, забирая к себе еженедельно по выходным, а иногда и на неделю-другую. Люда же, оказавшись в Америке, могла пытаться использовать открывшиеся перед нею здесь новые возможности устроить жизнь, зная при этом, что будущее ее шестилетнего Саньки вполне обеспечено отцовским покровительством.

Сблизившись, они стали встречаться ежедневно. Рачихин, отработав какое-то число часов в доме Есенского, которому он помогал следить за хозяйством, или где-то на стороне, чаще всего у знакомых князя, старых российских эмигрантов, садился на велосипед, купленный им по случаю за символическую плату в несколько долларов, и катил за 15 миль – в сторону океана, омывающего западную оконечность громадного города, собственно, даже не просто города, но мегаполиса, вобравшего в себя не меньше тридцати сросшихся между собою городков, поселков и местечек.

Там, в Санта-Монике, Люда снимала недорогую, но очень славную квартирку, с окнами, обращенными в сторону недалекого, заслоненного лишь несколькими кварталами многоквартирных домов, а потому не видимого отсюда океана. Собственно, именно квартирка Люды стала вскоре центром, вокруг которого образовалась упомянутая выше компания русских ребят – когда Володька, следуя ее предложению, перебрался от князя в Санта-Монику.

* * *

К исходу второго года отношения Рачихина с Куколкой стали, кажется, изживать себя. В ее жизни появился Виктор, тоже эмигрант из России. Рачихин ревновал, или ему казалось, что он ревнует Люду к новому ее другу, хотя причин для этого чувства, вроде, быть не должно – ведь он сам и не раз, понимая временность и зыбкость их отношений, советовал ей найти кого-то, с кем она могла бы остаться навсегда.

Вскоре друзья помогли Беглому, так они прозвали Володьку, даже заставили его пройти трехмесячную программу в наркологическом центре, дабы покончить с тягой к ежедневным выпивкам, и в августе 85-го Рачихин поселился в этом центре. А выписавшись оттуда, вернулся к Людмиле – по ее предложению – уже в ином качестве: у них установились как будто чисто приятельские отношения.

Видясь дома нерегулярно, даже не ежедневно, время от времени они встречались вдруг, без предварительного уговора, в каких-то компаниях, реже – в русском ресторане, приходя туда каждый со своими друзьями: программа отлучения от выпивки, пройденная Рачихиным, оказалась эффективной, и визиты сюда могли бы привести его к рецидиву, чего Рачихин пока не хотел.

Люда-Куколка

по шоссе, тянувшемуся вдоль океана, в сторону Малибу. По пути Люда вдруг вспомнила – сигареты остались дома!

В нескольких милях от Санта-Моники я вывел „Фольксваген“ с шоссе к автомобильной стоянке супермаркета в Пасифик Палисайд. Люда наказала мне, кроме сигарет, прихватить с собою коньяка. Вернувшись к машине, я нашел ее уже на заднем сиденье. Протянув руку за бутылочкой „Крисчиан бразерс“, она отхлебнула из горлышка и попросила достать хранившийся в багажнике спальный мешок – одеты мы были легко, и в открытые окна „Фольксвагена“ проникал прохладный, дувший со стороны океана, ветер.

Закутавшись, она закурила. Я повернул оставленный в замке ключ зажигания, и через минуту мы снова оказались на шоссе, пытаясь сообразить, где же тот ресторан, в котором с полгода назад провели великолепный вечер – ни я, ни она не могли вспомнить, даже приблизительно, в каком месте следовало искать его. Правда, оба мы помнили название – „Бич-Комбер“, но как можно было рассмотреть и прочесть его вывеску – даже если бы мы проезжали совсем рядом – на скорости, с которой неслись по шоссе машины, заставляя и нас придерживаться ее?

Люда стала нервничать, настроение у обоих испортилось...

– Ничего ты не можешь запомнить! – выговаривала она мне с заднего сиденья, – мы же его давно проехали!

– Но я-то веду машину, тебе следовало бы следить за вывесками, – оправдывался я.

Назревала ссора. Дождавшись, когда встречная полоса стала пустой, я резко развернул „Фольксваген“ и, подкатив к самой кромке шоссе, обрывавшейся в нескольких метрах от нас крутым спуском к океану, остановил машину. Люда, прикуривая от сигареты сигарету, казалось, распаляла сама себя.

Срываясь на крик, она вдруг потребовала:

– Убирайся из машины, у меня сегодня свидание!

Лос-Анджелес. Отойдя милю, может, – полторы, я вспомнил, что где-то рядом должен быть магазинчик с телефонной будкой возле него. Действительно, вскоре я сумел рассмотреть едва пробивавшиеся сквозь туман блики светового табло, установленного над лавкой, торгующей рыболовецким инвентарем.

Я пересек шоссе, подошел к автомату, набрал по памяти телефоны Олега, Сережи, еще чьи-то – никого из друзей дома не оказалось. Обнаружив невдалеке груду огромных валунов, я подошел к ним, присел, вытащил из кармана оставшийся у меня шкалик, на две трети наполненный коньяком. Шестой месяц не брал я в рот ничего спиртного, избегал даже пива. Первые же сделанные глотки ударили в голову. Открыв пачку, забытую в моем кармане Куколкой, „Вирджинии Слимс“, я закурил сигарету.

Бутылка незаметно опустела. Я чувствовал себя уже по-настоящему пьяным, что было не удивительно – с утра не довелось мне пообедать, и доза, которая раньше, когда я пил постоянно, показалась бы мне незаметной, сегодня оглушила меня. Помню, как возле камней, на которых я пристроился, остановился таксист, ехавший со стороны Малибу. Он предложил подбросить к городу, но узнав, что карманы мои пусты, так же внезапно исчез в ночном тумане, как и появился из него.

* * *

Было уже около часа ночи, когда пришла мысль – позвонить Бену: в конце концов, я же только что помог ему, почему бы и Бену, живущему на расстоянии миль десяти-пятнадцати отсюда, не заехать за мной. Бен оказался дома. Я не помню, что говорил ему тогда. Во всяком случае, мои слова „Людмилы больше нет“ следовало бы истолковать как то, что для меня она больше не существует, и эта наша ссора станет последней – так дико нам с нею еще не доводилось

Автоматически я повторил им историю, рассказанную экспромтом Бену. Он же, вернувшись домой, немедленно позвонил в полицию и сообщил об исчезновении Куколки...

ТЮРЬМА

Наутро после первого визита допросившей его полиции, Рачихин, мучимый похмельем, от чувства которого успел крепко отвыкнуть, бессонной ночью и мыслями о Куколке, направился на работу в столярный цех. Почти сразу поняв, что и часу не сможет пробыть в мастерской, он сказался нездоровым и, помахав на прощанье рукой молодому негру, в паре с которым он здесь работал, снова сел в машину.

Машина была чужой, она принадлежала Людиной подружке Оле. Уехав в отпуск, та оставила „хондочку" в пользование Рачихина: свою старую машину он успел продать за пару недель до того, рассчитывая впоследствии купить более экономичную. Единственной Олиной просьбой было присматривать за домом и по возвращении встретить ее в аэропорту. Как раз назавтра, в воскресенье, она возвращалась из отпуска.

„Надо бы проверить, что у нее в квартире", – подумал Рачихин, вспомнив, что заглядывал туда в последний раз дней пять назад. Выехав на бульвар Санта-Моника, Рачихин неторопливо вел машину в западном направлении, в сторону океана. И спустя несколько минут, не успев даже ощутить удара о бампер стоящего перед красным сигналом светофора автомобиля, он был брошен вперед, головой в лобовое стекло.

Вызвали полицию. Пока составляли протокол, Рачихин стоял, безучастно наблюдая за происходящим и утирая кровь с рассеченной губы. „Хонда" была прилично помята, но мотор работал, и, отогнув, сколько можно было, вмятое

Людмила, Люда, Куколка...

Подруга Людмилы – Светлана Огородникова
была осуждена за шпионаж в пользу СССР

попадаются среди представителей этой профессии, а из
самых неудачливых и малоуважаемых своими же коллегами;
она – мелкая служащая.

Выехав из страны с малолетним сынишкой и быстро
поняв, что вряд ли сумеют добиться чего-либо существенного
в Америке, они наладили контакт с советским консульством
в Сан-Франциско – поначалу через сан-францисскую же
контору, возглавляемую бывшим россиянином, специали-
зирующимся на организации путешествий в СССР и показе
советских фильмов. Постепенно сфера услуг, оказываемых
ими товарищам из консульства, расширялась – главным
образом, по инициативе самих Огородниковых.

К ним приглядывались – и однажды, убедившись в
искренности их намерений быть максимально полезными
своей бывшей родине, согласились на предложение Свет-
ланы завербовать для работы на советскую разведку...
агента Федерального бюро расследований. Причем, не рядо-
вого служащего, но сотрудника отдела контршпионажа.
Миллер – так звали этого агента, будучи арестованным,
утверждал на суде, что по своей инициативе, не докладывая

руководству, хотел разоблачить советскую шпионскую сеть, действующую в США – и тем улучшить свою не очень высокую репутацию в учреждении, где он служил.

Как бы то ни было – вся тройка была арестована, спустя месяц следствия предстала перед Федеральным судом, и каждый из подсудимых получил свой срок тюремного заключения. Поскольку же Миллер оказался первым в истории США агентом ФБР, уличенным в шпионаже в пользу другой страны, дело получило огласку необычайно широкую, а Куколка, часто встречавшаяся со Светланой, в числе других ее подруг была приглашена в суд в качестве свидетеля со стороны защиты. Как же, спрашивается, было не связать загадочную гибель Куколки с возможным желанием советской разведки спрятать концы в воду? – на этот раз в буквальном смысле этого выражения...

Длительная дружба Куколки с Рачихиным – а многие обстоятельства его жизни и побега из киногруппы Бондарчука оставались не вполне ясными – побудила сотрудников ФБР начать опросы всех, кто был близко знаком и часто встречался с ними. В газетах и на экранах телевизоров почти ежедневно появлялись портреты Людмилы и Рачихина, добытые из домашних альбомов, фотографии автомобиля, в котором погибла Люда.

Вскоре, однако, выяснилось, что роль Куколки в осуждении Огородниковых столь невелика, что не было никакой причины для жестокой расправы с нею у советских властей. И сенсация угасла, а дело о гибели Куколки стало приобретать иную, сулящую мало хорошего Рачихину, окраску.

* * *

Утром приехал приятель Рачихина, автогонщик – Володька пытался звонить многим, разменяв у дежурного полицейского несколько долларов, из автомата, укрепленного на стене камеры предварительного заключения, но только у того нашлись триста долларов наличными, потребные для выкупа Рачихина под залог. Поехали на квартиру к Агашкину, их общему приятелю – в Людин дом, зная уже о ее гибели, Володька больше не заходил.

У Агашкина он и остался пока, ожидая, как будут развертываться события, не сомневаясь в том, что предстоит еще не один разговор с полицией, и готовясь к новым допросам. Приходила мысль признать свое участие в гибели Куколки – сказать, например, что столкнул ее машину в океан, оглушенный приступом ревности к ее новому другу – в этом случае, говорили друзья, хоть и не миновать тюремного срока, но он может быть короче...

Через какое-то время за ним снова приехали, отвезли в полицию и приступили к новой серии допросов. Следователей было двое. Предупредив Рачихина, что тот имеет право не отвечать на вопросы, они, как Володька понял позже, обретя солидный опыт подследственного, распределили между собою роли – „злого", который кричал на Рачихина, требуя признаться в предумышленном убийстве Людмилы, и „доброго", который вроде бы вполне сочувственно, но настойчиво уговаривал его подумать и рассказать, как Куколка довела его до необходимости расправиться с нею столь жестоким способом.

Допрос шел через переводчика, в помощи которого чувствовалась настоятельная необходимость. От услуг адвоката, предложенных ему в первые же часы допроса, Рачихин поначалу отказался, полагая, что, согласившись на них, он как бы априорно признает этим свою вину.

* * *

Две последующие ночи, включая и новогоднюю, Рачихин провел там же, в полиции. Наступил первый день нового, 1986 года. В этот день произошло что-то непонятное. Рачихин и по сегодня не находит объяснения поведению полицейс-

присутствовал – Бен захоронил тело Людмилы в океане, не оповестив их ни о дате, ни о месте прощания с нею. Возможно, он был прав, не желая, чтобы близкие видели Куколку: по заключению патологоанатома, гибель Людмилы оставила на ее теле множественные ссадины и синяки, наводившие на мысль о ее насильственной смерти, возможно, – об удушении.

Подобные травмы вполне могли быть и результатами падения ее в автомобиле с большой высоты: тот же синячок на шее, который, вроде бы, свидетельствовал об ее удушении, мог образоваться и от удара, нанесенного ей Рачихиным, пытавшимся защититься от ногтей разъяренной Куколки. Еще детективам предстояло определить по особенностям расположения тела Куколки в затонувшей машине, была ли она сама за рулем в момент гибели, что могло бы означать ее попытку вести машину – иначе говоря, в этом случае она была жива, когда „Фольксваген" обрушился в океан.

Или же тело ее было уже позже перенесено водой от заднего сиденья немного ближе к лобовому стеклу?.. и почему, в таком случае, одна нога ее оказалась придавлена ко дну передним колесом?

Вопросов было явно больше, чем ответов на них – и у следствия, и у всех, кто следил за его результатами, – прежде всего, у подруг Куколки. Кто-то из них непрерывно звонил следователям, предлагая свидетельствовать о таких подробностях отношений Куколки и Рачихина и о таких, якобы сделанных им, признаниях своим друзьям в перерывах между арестами, которые не оставляли сомнения в его причастности к гибели Людмилы.

И 7 января к 12 часам в квартиру Агашкина явилось сразу с десяток полицейских.

Светя фонариками, они прошли прямо в комнату, где уже готовился уснуть Рачихин, предъявили ордер на его арест. С наручниками на запястьях, прикованными к наде-

томы гриппа, эпидемия которого проникла в тюремные камеры, были налицо. Тогда-то о нем, наконец, вспомнили – Рачихин был переведен в отдельную камеру, одиночку, но уже обычного типа. В небольшого размера помещении, отгороженном от коридора металлической решеткой с дверью, едва умещалась железная кровать, железный же столик, умывальник и унитаз. И эта камера оставалась домом Рачихина последующие шесть месяцев. Порог ее пересекал только он сам и тюремные надзиратели, время от времени устраивавшие обыск в камере.

Хотя, что мог Володька пронести туда, покидая ее в первые месяцы, до начала суда над ним, разве что только для коротких пробежек в душевую или столовую; время на это отводилось столь малое, что дожевывать ланч часто приходилось на ходу, уже возвращаясь в камеру.

Дверь одиночки выходила не куда-нибудь, но в коридор, сам являющийся как бы огромной камерой, протянувшейся метров на 40, и называемый на местном жаргоне „фривеем". На всем его протяжении с одной стороны были установлены двухъярусные кровати, с другой – на „фривей" смотрели решетчатые двери камер, подобных той, в которой находился Рачихин. Было их двадцать, в каждой содержалось по одному заключенному, и открывались они одновременно по утреннему крику охранника „Чау-тайм!", что означало время завтрака – тогда следовало, выскочив в едва успевшую приоткрыться дверь и пристроившись в затылок идущему впереди тебя заключенному, устремиться в столовую, где за три, отведенные на еду, минуты предстояло управиться с завтраком и – успеешь, не успеешь – топать назад в камеру.

Заключенные, выстроившись в ряд, шли друг за другом по коридору, заложив руки в карманы и касаясь левым плечом стены – так требовала инструкция. А навстречу им двигался такой же строй идущих завтракать, и надзиратели, сопровождавшие их, следили, чтобы правое плечо каждого из них касалось стены коридора – нарушивший вполне мог получить крепкий пинок охранника, прикладывающий заключенного физиономией к той стене, от которой отодвинулось его плечо.

Можно было, впрочем, избежать этого строя – например, пропустив начавшийся в 6 часов утра завтрак, проспав его – но тогда время до обеда растягивалось в долгие голодные часы, поскольку никаких запасов съестного в камере иметь не позволялось. Даже яблоко, не доеденное в ланч, вынести из столовой было нельзя, поскольку запрещалось тюремными правилами – отобранное охранником, оно летело в корзину, а в „рекорде“ нарушившего распорядок появлялась соответствующая запись, сумма которых могла сказаться на длительности отбываемого заключения.

Еще хуже, если во время ночного обыска – когда, допустим, в три часа заключенного будили, выгоняли из камеры, а содержимое тумбочки летело вверх тормашками, под руками творившего обыск охранника, и разбрасывалось по полу – вдруг обнаруживалось нечто, подпадавшее в список запретного. И хуже всего, если это были наркотики или складной нож...

По средам к дверям камеры подкатывал тюремный киоск. Охранник, сопровождавший установленный на колесиках шкафчик, кричал:

– Номер 20 (так была обозначена камера, в которой содержался Рачихин), шопинг-тайм!

Это означало, что дверь камеры откроется, и Рачихин получит возможность реализовать право на покупку чего-либо из скромного ассортимента товаров, разложенных на полочках этого киоска – сигареты, кофе, писчую бумагу, коротенькие (в соответствии с установленными правилами) огрызки карандашиков. Так вот, из еды киоск предлагал только конфеты, шоколад и сухие колбаски – особо не разживешься. Деньги же у заключенных водились порою немалые – каждый, навещающий их с воли, мог оставить

же значимости проступках, например, в мелкой торговле наркотиками.

Когда заключенные шли строем по коридорам, касаясь плечами стены, Рачихину их серая и безмолвная в эти минуты масса казалась настолько кинематографичной, что он начинал представлять себе, как, выйдя когда-нибудь на свободу, вернется сюда со съемочной группой.

На самом же деле, беседуя с заключенными, он вскоре убедился, насколько разнолики и мрачны судьбы наркоманов, убийц, грабителей, насильников, составлявших эту, вроде бы безликую, массу.Контингент заключенных постоянно обновлялся – как минимум тысяча из восьми тысяч человек, составлявших население тюрьмы, развозилась еженедельно по другим местам заключения, а взамен им прибывали новые. Володька, наблюдая их нравы, не раз тихо радовался про себя, что находится в одиночке, огражденный металлической решеткой от других обитателей „фривея“.

То, что они, в общем, относились к нему неплохо, называя его в шутку „кэй-джи-би“, т.е. КГБ, за его российское происхождение, не помешало кому-то из них при случае, воспользовавшись оставленной открытой дверью в его камеру, опустошить тумбочку Рачихина, прихватив заодно смену постельного белья, курево, кофе и все остальное, что успел он скопить за месяцы своего нахождения здесь. Заключенные-кубинцы, с которыми Рачихин успел как-то сдружиться, выручили его, подарив трусы, носки, майку, мыло – после грабежа у Володьки оставался только синий тюремный балахон, составлявший униформу заключенных этой тюрьмы.

Но в целом отношения с заключенными сложились у Рачихина достаточно ровные. Уже с первых дней, находясь в общей камере с неграми, он делился с ними едой – те всегда испытывали ее недостаток – что позже сказалось на отношении к нему и других сокамерников. Наблюдая их, Рачихин часто думал о том, что вот, живя на свободе, мы не

газет, ведением дневниковых записей, из которых вдруг стала получаться история его жизни.

Дважды в неделю по команде охранника „шауэр*-тайм!" голый Рачихин, обмотавшись полотенцем, выскакивал в открывшуюся дверь камеры и, обгоняя других заключенных, несся в душевую – 120 человек в течение 3-х минут должны были успеть сбросить с себя темно-синюю робу (были еще голубые – у гомосексуалистов, содержащихся в отдельных отсеках, с ними Рачихин встречался только по дороге в суд), принять душ и, часто не успев смыть мыло, вернуться в камеру.

В эти же дни меняли одежду и одеяло с матрасом – простыней заключенным не полагалось, но недовольство по этому поводу высказывали немногие. Как раз во время одной из таких отлучек была ограблена камера Рачихина. Заключенные уговаривали его потом не докладывать начальству о случившемся – возможное расследование непременно означало массовый обыск, что привело бы кого-то из них на двухнедельную отсидку в карцер...

Два раза в неделю по одному часу заключенным разрешали посещать класс английского языка. Этой возможности Рачихин, разумеется, не упускал – не столько из тяги к углублению своей грамотности, но ценя возможность лишний раз оставить камеру. И по этой же причине он не пропускал молитвенного времени, посещая все службы – христианские, мусульманские, иудейские, проводимые в одном и том же тюремном "чапеле", но в разные часы.

На мусульманские службы приходили только черные. Рачихин на них и впрямь чувствовал себя белой вороной, поскольку был единственным белым, да и в самих проповедях понимал не больше этой пресловутой птицы, окажись она там. Темой их были, главным образом, призывы пропо-

---

* Shower – душ *(англ.)*.

Александр Половец

ПРОТОКОЛЫ ПРЕДВАРИТЕЛЬНОГО СУДЕБНОГО РАЗБИРАТЕЛЬСТВА

стр. 211-212

ПОКАЗАНИЯ СЛЕДОВАТЕЛЕЙ

Версия 2-я

Вопрос: Что случилось после того, как обвиняемый вернулся из магазина в квартиру Людмилы?

Ответ: По заявлению обвиняемого, она ушла... куда – он не знал, возможно, – встретиться со своим любовником, и произошло это между 8:00 и 9:00 часами вечера. Между 9:30 и 10:00 часами она позвонила ему, говоря, что находится в Малибу и ей нужна его помощь, – машина сломалась, он должен забрать ее с дороги. Она объяснила, как найти ее. Обвиняемый также заявил, что, поскольку он успел к этому времени выпить два или три стакана вина, он не хотел вести чужую машину и поэтому попытался вызвать такси.

Его плохой английский не был понят диспетчером, и он вынужден был выйти на улицу и поймать такси. Не найдя машину возле дома, он прошел на бульвар Санта-Моника и там поймал таксомотор, кузов которого имел зелено-белую окраску. Водитель автомобиля, по словам обвиняемого, был смугл. Обвиняемый попросил отвезти его к магазину рыболовных принадлежностей в Малибу...

Вопрос: Не сказал ли обвиняемый, где он взял телефон таксомоторной компании?

Ответ: Нет, тогда он этого не сказал.

Вопрос: ...Что произошло потом?

Ответ: Он сказал, что водитель знал, где находится тот магазин, и привез его туда. Водитель сказал, что поездка стоит 10 долларов, и обвиняемый заплатил ему эту сумму.

Версия 3-я

ИЗ СТЕНОГРАММЫ СВИДЕТЕЛЬСКИХ ПОКАЗАНИЙ ПОМОЩНИКА ШЕРИФА Д.БАРКСА

*Лос-Анджелесское графство, отдел
расследования убийств –
стр. 128-129 судебных протоколов*

Он рассказал... что собирался выйти из машины и походить рядом, чтобы успокоиться, дав и Люде возможность остыть, а потом вернуться в машину. Потом он сказал, что никогда не собирался убивать ее – если бы он хотел это сделать (по его словам), было много других способов... Итак, он вышел из машины, прошел несколько шагов вперед. Затем он оглянулся и заметил, что машина движется. Он заявил, что пытался остановить ее, но не смог. Машина сорвалась с обрыва. Он сказал, что не знал, что делать. Он сказал, что не пытался спуститься вниз, чтобы проверить, что с Людмилой, потому что не знал, что делать.

...Потом он сказал, что не для того он приехал в Соединенные Штаты, чтобы быть посаженным в тюрьму.

К этому времени я посовещался с детективом Робертсом и ознакомил его с заявлением Владимира.

Он вернулся в комнату, где проводился допрос Владимира, и сообщил ему, что мы хотели бы снова посмотреть текст его заявления, пункт за пунктом. Тогда Владимир сказал: „Вы не думаете, что мне нужно было иметь адвоката здесь, сейчас?". И в это время мы сообщили ему, что он заключается под арест... Затем мы продолжили его допрос.

ИЗ ЗАЯВЛЕНИЯ АДВОКАТА ПРАНСКОГО

Пранский:

– Я думаю, представитель обвинения не может не согласиться с тем, что это дело базируется исключительно

два столба и проехать вот сюда; это заставляет верить, что кто-то вел машину до момента крушения ее с обрыва. Но нет свидетельств, что кто-то выбросился перед этим из автомобиля. На почве нет никаких необычных следов. Это подтверждает, что мы имеем дело с несчастным случаем, а не с убийством.

Судья:

– Что вы думаете по поводу слов обвиняемого „Ее больше нет”?

Пранский:

– Это означает, что он признался полиции в том, что присутствовал при падении машины с обрыва. Он это признал.

Судья:

– И он ничего не предпринял, об этом говорят факты. Он ничего не сделал... По словам детектива Бернса, он не спустился, чтобы посмотреть, в каком она состоянии.

Пранский:

– Да. Но это можно понять, если учесть, что машина срывается вниз посреди ночи, и он идет (звонить) за помощью, поскольку он предполагает, что Людмилы больше нет, или он не сможет ее найти...

Судья:

– Вряд ли такое возможно, когда два человека состоят в определенных отношениях между собою, даже если предположить, что эти отношения завершились, испытывали сложности, или они вообще больше не были любовниками. Это не выглядит правдоподобно, чтобы в такой ситуации не проверить, что же произошло с человеком, или не искать немедленной помощи (на месте), а идти звонить ее бывшему мужу... Поэтому я полагаю оправданным думать, что вся его история не заслуживает доверия...

Пранский:

– Да, но мы знаем только то, что сказал офицер Баркс о поведении обвиняемого (в тот момент). Мы не знаем, сказал

с полной убедительностью, что обвиняемый совершил его обдуманно и намеренно...

Рассмотрим такой аргумент защиты – если бы обвиняемый действительно намеревался скрыть следы преступления, у него хватило бы сообразительности поместить тело убитой на водительское сиденье, чтобы все выглядело как несчастный случай... Это глубочайшее заблуждение – предполагать, что преступники столь сообразительны. Если бы все они действительно были сообразительны, возможно, никто из них никогда не был бы задержан.

В этом случае совершенно очевидно, что жертва была обречена. Она была задушена. Она находилась на заднем сиденье автомобиля. Автомобиль сорвался с обрыва. Теперь очень интересно учесть, что диаграмма показывает, как автомобиль сначала вынесло влево и затем он сорвался с обрыва... Согласно заявлению следователя Баркса, обвиняемый поспорил с Людмилой и выскочил из машины, не заметив, что задушил ее. Когда выходят из машины – открывают водительскую дверцу и уходят.

Если вы взглянете на диаграмму, из нее следует, что путь, которым кто-то уходил бы, был бы в точности тем, которым катилась машина. Катилась машина медленно – скорость ее была меньше, чем 10 миль в час. И машина скатилась с обрыва с шумом и грохотом, обвиняемый же абсолютно ничего не предпринял. А жертва оставалась без сознания, поскольку ее душили. Она оказалась на дне залива и, не имея возможности покинуть машину, погибла, утонув в ней, – именно так это выглядит.

Нет никаких свидетельств того, что обвиняемый пошел за помощью. Фактически обстоятельства свидетельствуют об обратном – в соответствии с показаниями следователя Баркса, он ждал несколько часов. Наконец, он позвонил кому-то и ничего не сказал, никого не попросил помочь ей (Людмиле). Он не пошел в полицейское отделение, находившееся неподалеку... И у него хватало

* * *

Состав жюри отбирался на протяжении двух недель – Пранский был особо придирчив, стараясь не допустить участия в нем людей, чьи судьбы могли бы определить их предвзятое отношение к подсудимому. В отобранном составе восемь из двенадцати присяжных оказались женщинами, четверо – неграми, один мексиканец и один еврей завершали этот список. Сама председательница жюри, миловидная женщина лет тридцати пяти, была, как выяснил случайно Пранский, в разводе с мужем, что несколько настораживало адвоката, опасавшегося ее возможной неприязни к представителям мужского пола в целом.

Заседание суда длилось с небольшими перерывами 43 дня. 27 свидетелей и экспертов, выступивших на процессе, промелькнули, почти не оставив следа в сознании Рачихина – после первого приговора им овладело тупое безразличие к своей судьбе, оставалась только одна непроходящая мысль: скорее бы все кончалось. В общей сложности 80 раз выводили его из камеры, заковывали в наручники, привозили в тюремном автобусе к зданию суда в Санта-Монике.

Затем следовали длительные, иногда многочасовые ожидания в камере, которые ничем не кончались, потому что кто-то из присяжных оказывался больным или сам адвокат Рачихина просил перенести заседание суда на новую дату. Возвращаясь в тюрьму, Рачихин с тоской глядел в зарешеченное окошко везущего его автобуса. Там, в городе, текла своя жизнь – шли, обнявшись, влюбленные, мелькали теннисные корты с фигурками перебегающих по ним игроков, у кинотеатров толпились очереди...

Полицейский-метиска (полунегритянка, полуфилиппинка), надевавшая ему наручники перед отправкой в суд, успокаивала:

Перед заключительным заседанием Рачихин как бы очнулся от долгого и тяжелого сна. Три дня члены жюри не выходили из своей комнаты, решая его судьбу. От последнего слова Рачихин отказался, сказав только: „Спасибо, я буду надеяться на справедливый приговор....".

Когда его ввели в зал суда для заслушивания вердикта, он всматривался в лица присяжных, занявших свои места, и пытался по их выражению угадать, что содержится в том маленьком конверте, который председательница жюри вручает сейчас судье. Особо тревожило его то обстоятельство, что одна из присяжных, сорокапятилетняя женщина с рассыпанными по плечам седыми волосами, явившись однажды на суд заплаканной, сообщила, что была вечером ограблена и изнасилована молодым негром, задержать которого пока не удалось...

должен был сопровождать его обратно в тюрьму, а местный, из судебной охраны.

– Погоди собираться – судья просит вернуться в зал...

– Зачем? – Володька ничего не понимал. Процесс вроде бы закончен. Неужели что-то было не так? Или он опять чего-то не понял?

В сопровождении полицейского, но уже без наручников, Рачихин прошел по лабиринту подземных коридоров суда. Лифт поднял их на второй этаж, к залу, где, кроме судьи, прохаживающегося в свободном пространстве, отделяющем ряды кресел от судейского стола, и стенографистки, перебирающей пухлые папки с документами, никого уже не было. Коротким жестом он пригласил Рачихина пройти в расположенную позади его стола комнатку.

– С сегодняшнего дня вы могли бы быть свободным, если обещаете явиться в суд 17 ноября. Обещаете?

Почти не слушая ответа Рачихина, он уже набирал номер прокурора, поддерживавшего на процессе обвинение Рачихина. Посовещавшись с ним, он обратился к Рачихину:

– Переносим вынесение приговора на ноябрь. 19-го прошу явиться в суд.

Расписавшись, не глядя, в какой-то бумаге, Рачихин снова спустился в камеру, где ему вернули гражданскую одежду. Полицейский срезал с его руки пластиковый мешочек, содержащий тюремный номер. Его вывели во двор позади здания суда. Открылись металлические ворота, и Рачихин впервые вышел через них – вышел своими ногами, а не пересек их в тюремном автобусе – на улицу.

С минуту потоптавшись на месте, пытаясь сообразить, куда же ему идти, он медленно направился в сторону, ведущую к океану. Очнулся он от резкого шороха покрышек тормозящего рядом автомобиля. Из новенького „БМВ" выглянула мулатка – та самая охранница, отношение которой к Рачихину было столь необычным и памятным для него.

Приговор гласил: 1 год тюремного заключения, в который засчитывались проведенные Рачихиным в тюрьме семь с половиной месяцев (оставшееся время „в связи с хорошим поведением в тюрьме разрешить провести на свободе"), 2 года испытательного срока, 100 часов общественно-полезной работы и 850 долларов штрафа. При этом оговаривалось, что Рачихин не имеет права бывать в местах, где осуществляется продажа алкогольных напитков, и это полностью закрывало для него возможность поисков работы в баре или ресторане.

Но особо угнетающим обстоятельством оставалось для Рачихина то, что круг друзей, образовавшийся в свое время, когда Рачихин жил с Куколкой, – распался.

Беглый догадывался, что главной этому причиной является, для оборвавших с ним все отношения приятелей, невозможность для них поверить в непричастность Рачихина к гибели Куколки. Не все они при этом разделяли веру в связи Рачихина с КГБ, возможно, поручившим Беглому расправиться с Людой – многие объясняли возможность совершения им убийства обычной ревностью. И почти все они считали, что суд над Рачихиным не был справедлив по отношению к погибшей. На следующий год, в дату ее гибели, и на другой, и на третий собирались они у кого-нибудь дома, чтобы, за накрытым по российской традиции столом, помянуть Куколку и в который раз посетовать по поводу ее незадавшейся жизни.

А Рачихин и сам сторонился их, не искал и даже избегал случайных встреч с кем-то из старых приятелей.

Однажды его навестила дома съемочная группа телевизионной компании – показу этого сюжета по одному из лос-анджелесских каналов сопутствовал пространный комментарий, разумеется, не упоминавший некоторые самые сокровенные страницы биографии Рачихина. Тележурналисты, конечно же, могли не знать о них. Да и кто, вообще, кроме, пожалуй, самого Рачихина, здесь, в Америке, знал их во всех подробностях?..

Переминаясь с ноги на ногу, они рассеянно слушали заученный речитатив священника, время от времени крестились, неловко поднося сложенные щепоткой пальцы – ко лбу, к груди... к одному плечу, к другому... И потом, повторяя молящихся у амвона, становились на колени и кланялись, почти касаясь головою пола, его холодных каменных плит, уложенных в строгие прямые полосы.

Только хорошо освоившись с полумраком, можно было заметить чуть в стороне от обеих групп силуэт единственного здесь сидящего. Беглый, ставший за полгода совсем щуплым, почти невесомым, легко умещал себя меж двух велосипедных колес, к оси которых было подвешено обитое потертой кожей сиденьице. Ближе к завершению службы он отводил взгляд с лежащего на коленях молитвенника, находил батюшку и какое-то время следил за тем, как кадило, придерживаемое за конец блекло-золотистого шнура, описывало неширокие дуги, оставляя за собой легкие дымные полосы, наполненные дурманящим запахом ладана.

Потом поднимал он необъяснимым образом переменившие цвет глаза – из серых, какими они всегда были, в совершенно голубые – и подолгу смотрел в окна. Там, почти под самым куполом сквозь мутноватые стекла видны были раскачивающиеся кроны кипарисов – их мерное колебание, казалось, точно повторяло движение язычков пламени на догоравших свечах.

– Благослови Бог наш, всегда, ныне и присно и во веки веков... – слышалась скороговорка батюшки. – Царю небесный, Отче наш, яко Твое есть царствие...

– Аминь. Господи помилуй, Господи помилуй, Господи помилуй... – многократно отзывался хор голосов – чистых и высоких от звенящей в верхних регистрах хрустальности: почти невозможно было поверить, что пение исходило от этих женщин, чьи годы легко угадывались в их серебряных прядях, выбивавшихся из-под платков и косынок, в морщинах их

Ее и его плоть – понимал он, – соединились в их детях, явились двумя новыми жизнями. Так ведь?.. Не значит ли это... Ну, вот будь она сейчас рядом, будь она здесь, – можно же, наверное, вцепиться в нее всеми оставшимися силами, ногтями, клетками своего тела, так, чтобы слиться воедино, раствориться в ней – и остаться!

Женя приехала, когда Володька был еще на ногах. Успела. Притом, что в ОВИРе разрешение получилось неожиданно быстро и просто – достаточно оказалось телеграммы, посланной Володькиными друзьями, – американцы впустили не сразу. Там, в посольстве, она не могла поступить, как в ОВИРе, когда принявший ее чиновник усомнился: „Как это, в гости к сбежавшему, да вы что? У нас такого не принято!"

– А вы спросите, у кого надо! – почему-то выпалила она ему в лицо.

В посольстве же тянули и тянули, требуя доказательств ее намерения вернуться домой.

– Работа, квартира, дети – все остается в Москве! – объясняла она консульским. Те понимающе кивали, говорили сочувственные слова – а визы не было.

Да, все же успела...

Раз в неделю кто-нибудь из приятелей возил Беглого на процедуры – придуманные, как все это уже понимали, больше для проформы. На ход же болезни в Володькиной стадии, то есть во всех направлениях пронизанного фатальными нитями метастазов, влиять они почти не могли – разве что слегка замедляли ее неизбежный ход. А врачи бесплатной больницы, куда после двухнедельного нахождения в ней возили Володьку, добросовестно продолжали начатый курс лечения.

Лечения... Эти процедуры стали регулярными после того, как назначенная было полостная операция отменилась. Сказать, что это известие сильно огорчило Володьку, вряд ли можно, он, хоть и ждавший операцию с большой надеждой на то, что болезнь может быть таким образом

без особого сожаления, хотя жилье здесь обходилось ему в сущие копейки.

От всех дней, что прожил он здесь, по-настоящему остался в его памяти тот, когда Женя, встреченная после самолета кем-то из опекавших Рачихина приятелей, прижимая обеими руками к груди походную сумку, перешагнула порог – и застыла, глядя на него широко раскрытыми глазами.

Первую неделю, пока где-то не нашлась свободная комната, они прожили в доме, поставленном на продажу: она в подвальном этаже, Володька – на диване в гостиной. Рядом! Для него это была удивительная неделя. А Женя? По узкой крутой лестнице Беглый, цепляясь ослабевшими руками за свежекрашенные поручни перил, неслышно спускался к ней – и она, вдруг замечая его, стоящего за спиной, пугалась и цепенела.

Так повторялось по нескольку раз в день. Больше же всего Женя боялась, когда Рачихин дотрагивался до нее – пытаясь не обидеть, она мягко снимала с себя его руку и отодвигалась, а потом проходили медленные часы, пока избавлялась Женя от жуткого ощущения, что он, как вампир, этими настойчивыми касаниями высасывает из нее часть жизненной силы, отбирает ее для себя.

Беглый никогда не оставлял попыток писать – а сейчас, при всей его слабости, притом, что уставал он в первые же минуты, попытки эти стали даже чаще: едва удерживая в пальцах карандаш, он пытался передать разлинованному тетрадному листу тревожащие его сознание неотчетливые образы, непонятные и большей частью почти не имеющие отношения к его собственной жизни, к его нынешнему или прошлому состоянию.

При этом Володька ощущал себя некоей емкостью, сосудом, до краев заполненным правильными и очень нужными людям словами: оставалось только взять их пригоршней и, как костяшки домино, удачно приставить одно к другому

Зато думать у Беглого время было. Возвращаясь мыслями в недавнее прошлое, он почему-то особенно любил представлять себя только что оставившим позади тюремные двери. Лучше всего вспоминались месяцы, предшествующие тому августу, когда надсадный кашель, становившийся почти непрерывным, дал повод Володькиному приятелю по кличке Плотник – с которым особенно сблизились они после отсидки Беглого – затащить его к знакомому врачу. Кашель оказался не простой. Сначала, правда, хотели списать его на простуду, потом на туберкулезный очажок. А потом...

Кашель появился вскоре после одной из поездок на север, как они называли отдаленные места Калифорнии, граничащие со штатом Орегон. Ездили они к Краснову, сбежавшему с советского корабля механику, – он поселился там в доме старенькой американки, неподалеку от речки, в которую заходила на нерест белая рыба.

Ах, какие это были поездки! С ящиками копеечного калифорнийского шампанского в багажнике старого, но все еще мощного „Доджа", взяв с собой девчонок, обычно новеньких приезжих, чьи визиты, в связи с известными послаблениями на их родине, стали почти регулярными, они отправлялись в путь. Двух дней было бы больше чем достаточно, чтобы добраться до места – они ехали неделю, останавливаясь, где приглянется и где меньше людей; предпочтение отдавалось рощам, стоявшим подальше от шумного тракта – там можно было, не боясь постороннего глаза, вволю побузить, покуролесить, пострелять по пустым, а то и полным, бутылкам шампанского.

Девчонки млели: из ружей по шампанскому – это было действительно здорово! И, покоряясь необычности и красивости происходящего с ними, они преисполнялись особыми чувствами к новым своим друзьям, подарившим им здесь такую замечательную жизнь. При этом девчонки оттаивали, незаметно утрачивая нарочито грубые манеры, которыми

и просто захваченным по праву победителя добром, были вскоре же переправлены в Россию. И там они еще многие годы служили новым хозяевам, и, с навсегда заглохшими двигателями (где было взять к ним запчасти?), покорно ржавели по деревенским сараям, дожидаясь полного своего исчезновения.

Тем временем в Америке эти мотоциклы давно оказались причислены к антикварным, цена их из года в год поднималась и теперь доходила до величины, сопоставимой со стоимостью нового автомобиля престижной модели. Значит, оставалось только мобилизовать российских друзей на поиск и, щедро оплатив их труд (а щедрость в российском понимании в тот год, для живущего в Америке, была совсем не разорительна), получить мотоциклы и отреставрировать их. Ну, а дальше – сами понимаете...

Володька идеей загорелся. Теперь ему предстояло в новых условиях проявить способности, в свое время выведшие его на солидный служебный уровень – в заместители директора института, в Государственный комитет по науке, и, наконец, в манящий Рачихина своими необычными возможностями кинематографический мир. Правда, здесь не было сопутствующих Володькиной карьере обстоятельств, создаваемых тогда его влиятельными друзьями. Но были другие обстоятельства – и другие друзья. Все снова становилось возможным. И вдруг – кашель...

* * *

Время для Володьки как бы сжалось, оно явно становилось короче, и Володька ощущал его исчезновение настолько физически и обостренно, что начальное удивление этим наблюдением вскоре сменилось чувством, близким к ужасу перед наступающим на него – неведомым и неотвратимым. Особенно это стало заметно при визитах к врачам: они теперь были регулярными, и каждый раз, переступая порог

В этом доме жил...

...и здесь умирал Владимир Рачихин

кабинета, Беглый ловил себя на мысли, что он был здесь только что, а вовсе не неделю или три дня назад, и вот так же подмигивал пропускавшей его в комнату миловидной филиппинке в коротком, оставляющем открытыми смуглые колени, служебном халатике.

Только что, казалось Володьке, он здоровался с доктором и выслушивал, не все понимая в английской скороговорке, произносимые нарочито бодрым голосом приветствия. Ну, конечно же, только что он заходил в эту комнату. А где же тогда вся неделя? Где она? В следующий визит все в точности повторялось. И в следующий...

Он стал ловить себя на том же ощущении, когда с зажмуренными, еще полными сна глазами, на ощупь пробивался утром к двери, ведущей в уборную... и чуть позже, когда разбивал о край сковородки скорлупу крупных желтоватых яиц: казалось, только сейчас он, не отходя от плиты, съел ставшую его постоянным утренним блюдом глазунью и запил ее некрепким чаем. Вот только сейчас...

В эти дни вышла книга, на титульном листе которой в хитроумном коллаже, выполненном известным в русском зарубежье иллюстратором, была помещена его фотография. Володька ждал этого дня почти как начала новой, еще одной, подаренной ему жизни. Появлению книги предшествовала публикация в Нью-Йорке – почти полный текст повести о нем был помещен в нескольких номерах выходящей там русской газеты. А теперь вот – книга.

Прижимая томик к груди, он охотно фотографировался со стоящим рядышком автором в коридоре больницы, где он в эти дни проходил дополнительный курс облучения. Книга означала еще и возможность написания по ней сценария фильма, при постановке которого ему непременно отводилась бы главная роль – сыграть самого себя. Эпизоды, сыгранные им в порнофильме, вселяли теперь в Володьку уверенность, что себя-то он сыграет лучше любого актера...

Александр Половец

* * *

Хоронили Рачихина на совсем новом кладбище, где и могил-то почти еще не было; в разных концах сравнительно небольшой площадки, задрав к небу железные руки, стояли какие-то механизмы – то ли для рытья ям, то ли для опускания в них гробов с усопшими.

Что запомнят пришедшие сюда, чтобы проститься с Беглым? Наверное, то, как в церкви, перед отпеванием, кто-то подробно, с рисунками, объяснял дорогу до этой окраины города. И потом, когда шла служба, вспомнится, наверное, им суетливо перебегающий в разных направлениях церковь некто – небольшого росточка, в пузырящихся на коленях парусиновых штанах. В его руках то и дело вспыхивал резкий свет дешевого фотографического аппарата, но никто почему-то не отогнал его в сторону – даже когда, сразу после отпевания, он, из-за плеча целующей лоб Рачихина Жени, прицеливался, ловя в видоискатель крупный план лица усопшего.

Еще запомнят они, наверное, как гроб с телом Беглого сносили вниз – той же лестницей, по которой недавно его, живого, спускали в коляске друзья... И как двое полицейских, раздав черные бумажные знаки, облегчающие участникам похоронной процессии проезд по городу, оседлали мотоциклы – один впереди колонны, другой в конце, – чтобы сопровождать ее движение по городу до самого кладбища.

Автомобилей в процессии оказалось неожиданно много – приехали и те, кто едва знал Беглого, но почему-то сочли правильным быть сегодня здесь.

Могила Рачихина была уже готова к тому, чтобы принять его. Сбоку от нее распласталась цементная глыба, которая сейчас должна была стать его последней в этом мире крышей. Когда ее сдвигали на яму, принявшую уже гроб с телом Володьки, высоко в небе, до того совершенно пустынном и безмолвном, раздалось едва слышное жужжание: задрав

– 152 –

...И ДРУГИЕ

порывистый ветер. Невысокие волны, через точно отмеренные промежутки времени, окатывали прибрежную гальку, с каждым разом все ближе и ближе подбираясь к слегка изогнутой по своей высоте стене парапета, отделявшего набережную от открытого моря.

Багровый диск солнца, казалось, падал в море, обозначив собою границу приблизившегося горизонта. Смотреть на него можно было почти не щурясь.

– Занятно, – размышлял Чернов, прислонившись к высокой спинке деревянной скамьи, словно забытой на самом неподходящем для нее месте – у подъезда к заброшенному складскому помещению, возле почти истлевших деревянных ящиков и прочего хлама.

– Вот он какой, латвийский город Лиепая... Гостиницы забиты, мест нет. Да и были бы – толку что, когда в кармане копейки.

Еще одна папироса сломалась в его руках.

– Друг, угости покурить! – Чернов оглянулся. Перед ним стоял пожилой мужчина. Казалось, он не был похож на русского. Его живот громоздко вываливался из поношенных парусиновых брюк, маленькие бесцветные глазки почти безразлично осматривали внушительную фигуру Чернова, брошенный им у ног рюкзачок.

Легкий акцент действительно выдавал в нем прибалта. В то же время склад его речи удивительным образом повторял слегка приблатненный уличный говорок горожанина средней полосы России: вероятно, сказывался в этом некороткий опыт, если не лагерной жизни, то высылки – судьбы, постигшей в свое время немало его земляков. Чернов протянул ему пачку. Незнакомец толстыми пальцами, как можно аккуратнее, вытащил из нее одну за другой две папиросы.

– Про запас, – пояснил он, как нечто само собой разумеющееся, и тут же спросил: – Ты что, приезжий?

– Ну да... вот, приехал... ночевать пока негде...

Здесь уместно передать слово Чернову:

– Лет 17... Ну, может быть, 18... По-моему, только к этому возрасту человек начинает осознавать себя, формируется как личность. Для меня это был 72-й год... – тогда я получил аттестат десятилетки. И я впервые задал себе вопрос – а что дальше? Как и всем моим сверстникам, хотелось верить в свою исключительность, в то, что именно у меня сложится жизнь; хоть чем-то отличная от той рутинной, которая, как мы все уже понимали, поджидает нас и порог которой мы готовились переступить. Был передо мною опыт – отца, служащего железной дороги, матери-акушерки – серая, скучная жизнь... Нет, не хотел я повторять их путь! Не хотел... А как избежать его?

Решили мы с одним из моих приятелей поступить в училище гражданской авиации – романтичнее профессии летчика в голову ничего не приходило. Ближайшим к Волгограду, где мы жили, оказалось находящееся в Красном Куте Саратовской области. Едем? – Едем! Приехали. И быстро убедились, что поступить нам вряд ли удастся: на 90 вакантных мест – 900 заявлений... Документы мы, однако, подали и даже прошли предварительные испытания – на физическую выносливость.

До сих пор помню эти вращающиеся стулья... А на математике срезались оба. Этот же предмет подвел меня и при попытке поступить в Институт химической технологии, выбранный мною, поскольку химию я любил и знал ее хорошо. И тогда я без особого труда поступил в Волгоградский химико-технологический техникум, откуда после первого же курса был забран в армию.

Последующие два года ничем особым примечательны не были – если не считать вынесенного мною из авиационной части увлечения электротехникой. Эта привязанность и определила, в значительной степени, мою судьбу. Вернувшись в Волгоград, продолжил учебу в техникуме – в этот раз уже на вечернем отделении.

прилично, загранпоездки случаются. Это, наверное, то, что ты ищешь.

– А как это сделать-то? – спрашивал я его.

– Ну, поехал бы я с тобой, да жена вот второго ребенка ждет... А хотелось бы...

Жена его как-то узнала о нашем разговоре – такую трепку ему закатила, что он вообще перестал со мной эту тему затрагивать. И тогда я решил ехать сам. Мать и младшая сестренка пытались меня отговаривать, но решение я принял. И обещал им только, что, заработав денег, вернусь обязательно. Женюсь, мол, детей заведу – но сначала попробую себя на море. Вот так, до сих пор возвращаюсь... Рассчитался я на заводе – тогда это можно было сделать за месяц, сейчас, говорят, много сложнее. Начал свою попытку с латвийского города Лиепая, как посоветовал мне Саша.

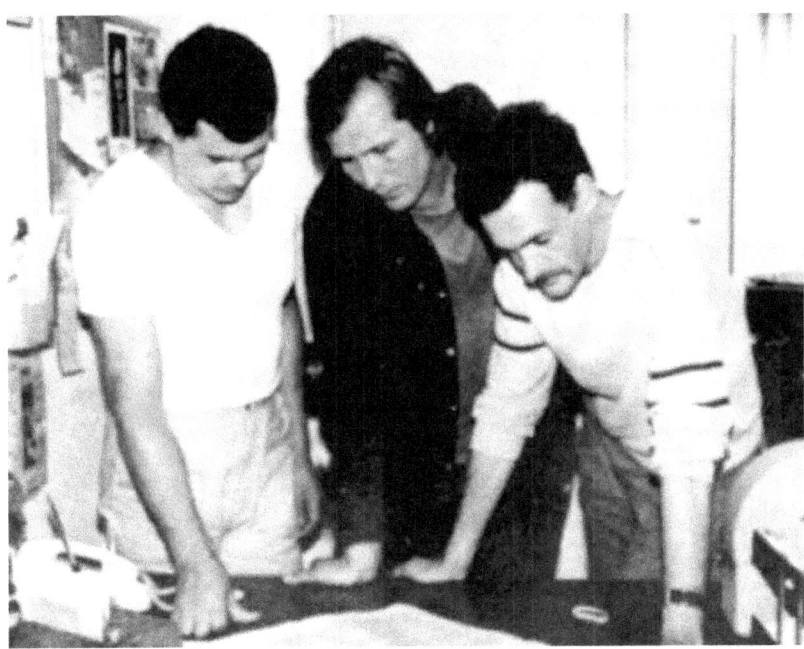

Беглецы Валерий Полянин, Михаил Чернов и Олег Емельянов в редакции лос-анджелесского еженедельника «Панорама». *1986 г.*

разделилась – четверо, спустившись в трюм судна, укладывали в капроновый трал девяностокилограммовые туши, подъемный кран переносил груз в вагон, где Чернов и его напарник крючьями растаскивали их и укладывали – сначала на пол вагона, а затем слоями, друг на друга.

К исходу второго часа работы Чернов почувствовал усталость. А когда вагон был наполовину полон, у него уже плыли перед глазами радужные круги. Ноги стали тяжелыми, будто обвешанные пудовыми гирями. Он с трудом отошел от трала, принесшего очередную махину груза, прислонился к стене вагона. И почти сразу услышал бригадира, орущего ему сверху:

– Слышь, ты, молодой! Деньги приехал зарабатывать? Работай, черт тебя дери!

Кто-то из ребят сжалился над новичком – принес ему стакан холодной воды. Передохнув минуту, он зацепил крюком очередную тушу. Наконец, вагон вроде бы стал полон. Тыльной стороной рукавицы Чернов размазал пот и грязь по лицу, присел на оставленную кем-то рядом, неподалеку, грузовую тележку. Неожиданно раздался голос напарника:

– Эй, держи тушу за ногу!

Пришлось снова подняться, превозмогая дикую, налившую ноги чугуном, усталость. Сам напарник взялся за другую половину туши, и, раскачав, они забросили ее вглубь вагона – поверх остальных. Грузчики, успевшие закончить работу получасом раньше, собрались рядом и весело подбадривали:

– Валяй, кидай дальше, больше заработаешь!

Кончался первый день работы Чернова в порту.

Наступал новый этап его жизни.

* * *

Прошло три месяца. Чернов окреп, работать стало легче, смены завершались вроде бы быстрее. Но зато каждую ночь,

В каждом вагоне было 1800 мешков, в каждом мешке – 50 килограммов цемента. Обливаясь потом, мы вытаскивали их наружу. Цементная пыль забивала рот, ноздри, – выданные нам респираторы были неисправны, после первых же минут работы мы отбросили их в сторону. Свою половину вагона мы кончили раньше новичков и, жадно глотая воздух, вылезли на платформу.

Неожиданно работа в вагоне прекратилась. Заглянув вовнутрь, мы увидели одного из ребят корчившимся на пыльных мешках. Его рвало, его буквально выворачивало наизнанку. Мы вытащили парнишку из вагона, усадили на пирсе. Когда он пришел в себя, мы оставили его и снова вошли в вагон, чтобы помочь оставшимся завершить разгрузку. А к вечеру, вернувшись в общежитие, я сел за столик и, почти не задумываясь, написал заявление об увольнении.

В отделе кадров, куда я принес его, пришлось ждать – впереди было несколько человек, составлявших недлинную очередь – минут, может быть, на двадцать. Стульев свободных, однако, не было, и я присел на край стола, стоявшего в приемной недалеко от входной двери. И впервые обратил внимание на его поверхность: она была буквально испещрена надписями, нанесенными чернилами и даже вырезанными перочинным ножом. Смысл этой графики сводился, примерно, к следующему: «Ребята, не будьте дураками, бегите отсюда!»

Ну почему, почему я не обратил внимания на этот стол в тот день, когда пришел наниматься на работу в порт?..

ПЕРВЫЙ РЕЙС

Непросто, ох как непросто советскому человеку стать «выездным» – иначе говоря, получить право «на законном основании» пересекать государственную границу. И статус моряка загранплавания не только не исключение из этого

через год. А то и через все полтора – в зависимости от того, потребна ли в настоящее время рабочая сила в пароходстве, или она в избытке. В летнее время людей, как правило, не хватает, поскольку многие в отпусках – глядишь, и спустя месяц после этой комиссии ты уже в море. Ну, а зимой... зимой будешь ты болтаться в порту многими неделями, месяцами, пока обнаружится вакансия, и о тебе вспомнят в отделе кадров. Или – не вспомнят...

* * *

Настал 82-й год – год первого рейса Чернова. 22 июня группа моряков вылетела на Канарские острова, чтобы подменить экипаж судна, стоявшего там на приколе в порту. Был это так называемый БМРТ – большой морозильный рыболовный траулер под названием «ГРАНАТ». Почему-то все подобные суда традиционно называют именами драгоценных или полудрагоценных камней. «ТОПАЗ», например... или «САПФИР».

Обычно корабли эти находятся в море полгода. И если по истечении этого периода регистр его еще не истек, судно направляется в ближайшую иностранную гавань – чаще всего в африканский порт Дакар. Или на Канарские острова, в порт Лас-Палмас, где его поджидает специальная советская ремонтная бригада. Здесь проверяются основные системы корабля, его главный двигатель, электрика, перематываются электромоторы. Потом наводят косметику – красят, полируют металлические части.

Чернов:

– Для меня этот рейс явился каким-то чудом. Начиная с момента, когда была открыта заграничная виза, жизнь моя буквально преобразилась. Представляете – прилетаем в Шереметьевский международный аэропорт, кругом иностранцы, валютные киоски, бары... Советские паспорта мы

то ли квалификации не хватало... В общем, простояли мы полторы недели.

Когда ремонт закончили, к пароходу подсоединили два троса, и тракторы стянули его вместе с многоколесной тачанкой, на которой он был установлен, по рельсовой дороге на другую линию. Там тракторы разделились – один зацепил его с кормы, второй с бака – и потащили судно уже в другом направлении, задвинули на платформу, и та вместе со своей чудовищного веса ношей погрузилась в воду. Опускали ее, кажется, восемьдесят лебедок... Очень интересная технология, в наших портах я такого не видал.

Есть и у нас плавучие доки, только на них работа идет куда медленнее...

В конце концов привели все в порядок и спустя неделю взяли курс на Гвинею-Биссау. Предстоял лов рыбы со странным названием «курок» – один из ее плавников, действительно, напоминает курок пистолета и согнуть его нельзя, не сгибая одновременно другой. Рыбу эту обычно скармливают пушному зверю, человек ее есть не может. Так я думал раньше. А потом обнаружил этот самый курок на прилавках калининградских магазинов – по 90 копеек за килограмм.

Зубы у этой рыбы – как у крысы, и главный корм ее – мальки и икра других видов морских обитателей. Словом, беда для районов рыболовства. Вот наши и заключили договор на ее отлов... вроде бы для очистки моря. Помню, первый трал еле вытащили – было в нем тонн пятьдесят, не меньше. Развязали его, стали спускать содержимое в люки рыбообрабатывающего цеха – а оно не идет. Ломами пришлось разбивать груды, в которые сбилась эта маленькая хищница.

Простояли мы там на рейде дней пять. Вспоминать не хочется, какие это были дни. И ночи тоже. Жара стояла невероятная, небо плавилось. Спать в трюмах было невозможно – устроили на палубах палаточный городок,

Чтобы ловить в самой зоне, нужно купить разрешение – значит, платить золотом. Ну, а наши на это идут неохотно. За пределами же зон рыбы куда меньше... Морякам кое-какую валюту в рейсе выплачивают – до 7 процентов от заработка, если заходим в иностранные порты. Ну, а что такое 70 долларов, которые составляют эти 7 процентов? Правда, в перуанской, например, валюте, – это больше миллиона солей. А на Канарских островах – десять тысяч песет. Только все равно – копейки для моряка, который и сам стремится приодеться, и домой что-то близким привезти...

* * *

К началу третьего месяца этого рейса на «Гранате» вышли из строя холодильные камеры. Рыбные брикеты стали разваливаться – температура в хранилищах поднялась выше допустимой. Капитан послал запрос на базу – просил разрешения поменять район промысла. И «Гранату» изменили маршрут, отправив судно на север в район острова Шпицберген, в норвежскую зону. Шли туда восемнадцать дней с заходом на Канарские острова, но уже в Санта-Крус. Перед выходом на берег матросам выдали по 50 валютных рублей – те самые 70 долларов. Они же – 10 тысяч песет...

В тот раз Чернов впервые увидел Запад – разумеется, «Запад» в понимании советского человека, очутившегося на территории другого государства. Все – и рядовые матросы, и начальство, были в приподнятом настроении – возбуждала возможность хоть мельком, хоть краем глаза заглянуть за железный занавес, прочно отгородивший их родину от всего остального мира. Даже те, кто не в первый раз готовился спуститься на чужую землю.

– Чужую, – рассуждал про себя Чернов, – но почему «чужую»? Ведь земля-то у всех людей одна, кто же сделал ее для нас чужой?

ребята сумели-таки провернуть свой скромный бизнес, в чем я потом убедился, заметив их повышенную активность в портовых магазинчиках.

Экипаж разбили на две группы – одна должна была сойти на берег в первый день стоянки, другая – во второй.

Интересно отметить, что только на Канарских островах наши матросы чувствуют себя на берегу более или менее вольготно: даже при наличии старшего группы и заведомо известных стукачей в составе ее, контроль за нами здесь не такой жестокий, как в Перу, например, или других портах Южной Америки: там нас запугивают портовыми ворами (и они действительно есть), возможностью антисоветских провокаций (чего я ни разу не встретил, если не считать ими довольно большое количество литературы, изданной за рубежом на русском языке – она, правда, и на Канарах попадается).

И вот идем мы по городу, магазины – один на другом громоздятся, товары – такие, что многие из нас в жизни не видели, да и не подозревали, что они вообще существуют. Старший группы – и тот растерялся: «Ребята, – кричит, – не подведите только!» Куда там: один устремился в радиомагазин, другой – в обувной. Поди уследи за ними. Правда, «следящий» и сам почти сразу забыл о своих обязанностях, предавшись общему азарту.

Кто-то джинсы выбирает – чтобы разрисованные, чтобы больше этикеток на них висело, чтобы были на замках и с вытканным сзади парнем с бичом, погоняющим быков. Рубашки с рисунком... Ну и прочее – все с мыслью, чтобы дешевле заплатить и больше купить. Ну, а потом, по возвращении – продать подороже. И когда основная задача выполнена, на оставшиеся деньги покупается водка. Много водки – благо она дешевая, особенно местных сортов. Все это доставляется на палубу, где вскоре начинается «активный отдых». Потом судно отчаливает, и снова впереди – долгие корабельные будни.

винт, пароход задрожал, как в лихорадке. Вызвали спасателей, у Шпицбергена в спокойном заливе освободили наш винт, а потом целую неделю выпрямляли его лопасть.

* * *

Двадцатого ноября мы снялись с промысла и направились в ремонт, которому как раз подошел срок. Прошли через проливы в Балтийское море, вошли в Калининградский порт. И хотя заработки наши за это плавание не достигли ожидаемых, но экипаж искренне радовался возвращению домой. Особенно, если учесть, что члены его, в большинстве, ребята молодые, а тут за все полгода кроме буфетчицы, прачки, врачихи и камбузницы – на судне ни одной женщины...

Редко ребята завязывают роман с кем-то из «судовых» женщин, в основном, стараются дождаться берега. А у тех, у кого терпения не хватило, нередки неприятности. Бывало, и до драк доходило из-за какой-нибудь из этих четырех женщин. Правда, коекто умудрялся воспользоваться коротким заходом в иностранные порты, только это, пожалуй, еще опаснее своими последствиями – и медицинскими, и служебными.

Начальство же наше живет по своим законам: они могут себе позволить и в портовый бардак заглянуть, не боясь, как правило, что кто-то донесет. Попробуй просто подай знак, что ты это видел – лучше списываться с корабля при первой же возможности: найдут за тобой такое, что было и чего не было – простым взысканием не отделаешься, визу можешь заграничную потерять. И между собой они ссорятся крайне редко, все как бы в сговоре, круговая порука, в общем.

раскаленный выхлопной коллектор. В панике никто не сумел включить аварийную систему тушения, команда оставляла корабль, выбрасываясь в открытое море. Утонуло двенадцать человек, в огне погиб второй механиик, человек сорок получили серьезные ожоги. Выгорели все внутренние постройки корабля, в машинном отделении погибли двое матросов, остальным удалось спастись на шлюпках.

Судно отбуксовали в порт, отчистили, перекрасили, заварили все люки и... продали его испанцам. Буксир повел «Хрусталь» из порта на внешний рейд в Балтийское море и торжественно посадил его на мель в канале у города Светлого. Посадил настолько прочно, что, пожалуй, траулер стоит там до сих пор, олицетворяя собою памятник бесхозяйственности советской системы....

Чернов:

– Встали мы, наконец, в порту. Пришло время отдыха – свои полгода я отслужил. Набралось 25 дней очередного отпуска, и отгулы за переработки на корабле прибавились – за воскресные и праздничные дни. Но до ухода в отпуск надо еще было выбрать себе судно для следующего плавания. Зашел я к инспектору своему, он говорит – народу сейчас свободного на базе много, иди пока в отпуск.

Отгулял свои дни, вернулся – та же история: нет пока парохода, на котором я бы мог снова идти в плавание.

Предстоял резерв – т.е. 75 процентов от берегового оклада за первую неделю, остальные дни – 50 процентов. Обещают тебе, например, – будет судно через два месяца. Записался на него и работаешь эти два месяца в колхозе, или улицы подметаешь, ямы копаешь... В общем, куда пошлют. Приходишь с утра, тебе объявляют – пойдешь сегодня на стройку. А, между прочим, наш береговой оклад – 125 рублей, это на море он заменяется сдельным заработком. Значит, зарабатываешь 60 рублей в месяц...

Кстати, эта традиция – пить до одурения (неважно что, был бы эффект) – находит свое продолжение и в дальних рейсах. Помню, в один только сезон и только из нашей Калининградской флотилии было уволено 26 капитанов рыболовных судов (не считая огромного числа матросов) – за пьянку на корабле или во время заходов в порты. Большинству уволенных закрыли визы загранплавания. А вскоре начальство пришло к ошеломляющему выводу: если так будет продолжаться и дальше, придется уволить весь плавсостав флотилии – в море будет идти просто некому...

* * *

Дождался я, наконец, следующего рейса – не промыслового на этот раз, а транспортного – мы перетаскивали один из старых пароходов, проданных испанцам, загрузив его какими-то товарами, чтобы не гнать порожняком. Прошли через Гибралтарский пролив, оттащили. Вернулись за другим – и повторили тот же маршрут, таща на буксире проданный корабль. Так прошли следующие три месяца.

Один раз зашли по пути на Канарские острова. Отпустили нас на берег, дав по 3 тысячи песет – долларов по 15. Правда, и цены там низкие на все: Канарские острова – буквально проходной двор, масса контрабанды. Ну, набрали мы очков солнечных, маек цветастых. Джинсы вельветовые, часы с музыкой – вернулись домой королями. А потом – снова резерв. Обычная береговая жизнь – друзья, девушки.

Надо сказать, что хотя нас, матросов, девушки вроде бы уважали, но не каждая стремилась выбрать себе мужа из нашей среды. Во-первых, долгие отлучки из дома. Ну и опасность все время подстерегает, иногда смертельная. Только за время моего плавания было несколько таких случаев. Помню, на Кубе умер механик, тепловой удар

надежное судно, системы которого мне были хорошо знакомы по работе на промысловике той же модели.

Прилетели мы поздно ночью, совершив по пути дозаправочные посадки в Ирландии и Канаде. Самолет сел – и сразу начались какие-то недоразумения. Беспорядок в аэропорту оказался невероятный. Вокруг шум, крик. Ищем, где паспортный контроль, не можем понять – к кому обращаться, куда идти? Взяли свои чемоданчики, направились к контрольной калитке с детектором, свободно прошли через нее. Думаю – какие-то бумаги надо заполнить. Огляделся – никому до нас нет дела. Ну и вышли мы на улицу – в тот же шум и гам. Потом-то мы разобрались – это местные жители пытаются выменять у прибывающих иностранцев валюту на песо, предлагая им курс чуть ли не вдесятеро выше официального.

Загрузили нас на автобусик и повезли в порт к нашему кораблю. Едва поднялись мы на борт – сразу поняли: судно к плаванию не готово. И оставалось оно в таком состоянии еще добрых два месяца – весь сентябрь и весь октябрь 1984 года...

Любопытным оказался период, когда мы два месяца прожили на судне в кубинском доке. По правилам, если судно ремонтируется, хотя бы и в иностранном порту – морякам валюту выдавать не положено. Но у насто было два месяца, и мы должны были время от времени спускаться на берег – как же без денег-то? Нашло начальство выход – выдали нам по три песо... Ну, для тех, кто знает, что такое «три песо», это выглядит заурядным издевательством. Какие-нибудь паршивые кеды стоят на Кубе 80 песо!

Представляете себе – советский приемник «Океан» стоит 250 песо – по официальному курсу выходит 250 валютных рублей. А по реальному курсу, когда за валютный рубль дают десятку – выходит все две тысячи пятьсот. Ну, не абсурд ли? Я настолько разозлился – отказался расписываться в ведомости за эту валюту! И при этом знал – могли лишить увольнения... Благо, люди все были вроде свои...

Но власти над ним, кажется, и они не имели. И никто не знал ни имени этого человека, ни его должности, ни откуда он – потому что на берегу с ним тоже никто не встречался, и можно было предположить, что к Калининградской флотилии отношение он имеет непостоянное. Каждый рейс обитатель рубки менялся – я, во всяком случае, не припомню, когда бы мне довелось дважды встретить одно и то же лицо.

Матросы же считали, что в рубке выполняется некая особо секретная миссия – то ли получение какой-то направленной информации, поступающей по радиоволнам с чужих берегов, мимо которых плыли наши корабли, то ли просто перехват чужих радиопереговоров. А иные полагали – что создание для них помех... Но всерьез никто не пытался разузнать что-либо об этой таинственной рубке, справедливо полагая, что отсутствие излишней информации много лучше (безопаснее, во всяком случае) нежели ее наличие. Потому что никогда заранее не знаешь, чем это знание может обернуться для ее обладателя...

Стукачи

В том, что корабельное начальство следит за членами экипажа, нет ничего удивительного. Такая у них служба... Но, параллельно обычной системе надзора старшего комсостава за матросами, существует и другая – система тотальной слежки членов экипажа друг за другом, которая, в общем-то, лишь в деталях отличается от принятой в повседневной жизни. В жизни, которая окружала Чернова вот уже двадцать шестой год.

Откуда берутся корабельные стукачи? Да из своих же матросов. Чаще всего из числа тех, кто каким-то образом проштрафился на берегу или в очередном рейсе – повздорил с начальством, например, или принял лишнего в чужом порту. Или заговорил с иностранцем, не имея на то санкции начальства.

лозунги, призывы. Экипаж улыбчив, гостям долго трясут руки, водят по корабельным помещениям. На все возможные вопросы заготовлены «правильные» ответы. Вот наша столовая, вот библиотека, вот комнаты отдыха, вот кинозал... А вот это мы едим, а вот здесь спим...

Зато, когда корабль отчаливает из иностранного порта, все быстро становится на свои места. «Здорово мы их надули!» – перемигиваются матросы. Еще бы! Половина из них, допущенных в этот рейс, прошла через кабинет «товарища Иванова»... И уж все сто процентов – комсомольцы или члены партии.

Скажете – исконный российский патриотизм? Или российское же, взращенное столетиями убогого существования, чувство неполноценности перед любым завалящим иностранишкой?.. Чернов определяет это коротким и жестким словом – цинизм! Он тоже был комсомольцем. Даже – дважды комсомольцем. Потому что когда-то потерял он свой членский билет... и забыл про него. Но нужно было открывать визу для загранплавания. Тогда он пришел в комсомольский комитет Калининградского порта и, не упоминая о том, что состоит уже в комсомоле, попросил принять его. Без долгих расспросов выдали ему новый билет... Знал, в общем, Чернов, как становятся комсомольцами его сверстники.

Чернов:

– Вернулся я из этого рейса совсем не таким, каким когда-то уходил в первый. От многих иллюзий помогли мне избавиться три года плавания. И этот рейс – на Кубу – немало добавил к моему пониманию жизни, той, которая окружала меня и на берегу, и в море. Вернулся я в Калининград, остановился у своих друзей. Помню, почти сразу сел за письма. Написал матери – и вскоре она приехала ко мне с сестрой. Для них Калининград выглядел почти «заграницей»: в магазинах рыбу можно было купить, захочется мясного – ну,

И, конечно, наоборот: повздорил с инспектором – не видать тебе хорошего рейса. А что такое хороший рейс? Говорят, нужно 12 раз побывать в дальнем плавании, чтобы знать – куда следует идти, с каким капитаном, где можно заработать. И еще многое зависит от матросов – будут они работать или не будут. А от этого уже зависит зарплата всего экипажа. Словом, надо знать район промысла и людей, которые будут в рейсе – тогда можно с большей или меньшей вероятностью рассчитывать на хороший заработок.

С другой стороны, как бы ни трудно доставалось в море, на берегу-то лучше, что ли? Те же стукачи, то же начальство. А ведь называют себя коммунистами!..

КОММУНИСТЫ

Какими путями становились коммунистами портовые начальники, Чернова не очень занимало. Но что они собою представляли – об этом он был осведомлен в достаточной степени. И из собственного опыта, и по рассказам старых горожан. Вот, например, вспоминает он некоего Беспалова – работника отдела так называемой профилактики с плавсоставом Калининградской базы тралового флота. Любой моряк, серьезно нарушивший дисциплину на родном берегу или попавший в медвытрезвитель, знал – предстоит беседа с Беспаловым.

Равно как и знал, чем она кончится: после долгих нравоучений и выговоров обычно следовал непрозрачный намек на то, что, хотя дело выглядит достаточно скверно, но можно его и поправить... Можно, конечно, если... И после солидной денежной взятки или какого-либо, по советским масштабам, дорогого сувенира – транзистора, например, или позолоченной зажигалки – дело провинившегося закрывалось, не доходя до партийной комиссии базы. Моряк уходил в очередной рейс, а Беспалов уже занимался следующей своей жертвой.

* * *

Хозяйственного характера преступления мало-помалу перестали впечатлять калининградских жителей – где их только нет, рассуждали горожане, пристроившись у пивных ларьков и передавая новые и новые байки о проворовавшемся начальстве своим собутыльникам.

Но время от времени происходили в городе истории, поистине поражающие воображение обывателя. И особый интерес, даже смак, вызывали, конечно, те, в которых были замешаны либо партийные работники, либо милицейское начальство – что в глазах обывателя сложилось в понятия однозначные.

Героем одной из них, происшедшей где-то к концу семидесятых годов, был лейтенант милиции, который в компании с таксистом и тридцатипятилетней женщиной грабил загулявших моряков. Женщина, разумеется, была наживкой. Встретив только что вернувшегося из рейса с приличным заработком морячка, она приглашала его к себе домой. «Случайно» рядом подвертывался таксист, правда, с пассажиром (роль которого была отведена милицейскому), также «случайно» оказавшимся добрым знакомым этой женщины. Возникала, вроде бы, приятная компания. Ехали на квартиру. Кончалось все тем, что моряку добавляли в водку снотворное, выворачивали его карманы и спящим выбрасывали где-нибудь на пустыре за городом.

Так продолжалось до тех пор, пока один из моряков, ставший их жертвой, не вспомнил, очнувшись, номер автомобиля, на котором был он увезен новыми друзьями...

А вот и еще один, нашумевший в том году случай. Милицейский патруль, задержав подвыпившего матроса, обнаружил у него при обыске около 2 тысяч рублей. Недолго раздумывая, бравые охранники порядка избили матроса до потери сознания, отобрали деньги и сбросили его в районе Берлинского моста в расчете на то, что, не приходя в себя, он

что тебя обвинят чуть ли не в шпионаже и контрреволюции. В таких рейсах и стукачей среди команды больше.

В общем, паршивее рейсов, чем на этих кораблях, придумать трудно. Зато названия суператлантикам подбирают исключительные – все они, спускаясь со стапелей, становятся тезками жителей Олимпа – «Прометей», например, «Геракл», или тот же наш «Гефест»...

Я как-то подсчитал: для того, чтобы мне выполнить свою жизненную программу – дом построить, семью завести – я должен буду проработать в море лет до 45 и при этом не сделать ни одной ошибки. Что вряд ли удалось бы мне, даже если я и хотел бы этого, плавая в таких рейсах: потому что такой «ошибкой» может оказаться встреча на чужом берегу с девушкой, разговор с иностранцем или посещение бара. Со мною такая именно ошибка и случилась.

Не нужно мне, наверное, было заходить в этот магазин... Но об этом позже. Главным же было то, что и капитан мне не был знаком на «Гефесте», и главный механик попался безграмотный, но зато ретивый администратор: «Не спрашивай меня, что делать, сам должен знать!» – вот его типичный ответ на любую просьбу или вопрос. Конфликтовал я с ним постоянно, и это стало одной из причин, почему состояние свое в тот период я бы назвал сегодня критическим. Иногда я до того переставал себя контролировать, что говорил близким друзьям – еще один конфликт, еще одна несправедливость – не увидите вы меня здесь больше, уйду!..

ПОСЛЕДНИЙ РЕЙС

...Итак, несколько лет морской службы остались позади. Чернов уже бывал и в Финляндии, и на Канарских островах, и на Кубе...

Пришел август 1985 года. Рыболовный супертанкер «Гефест» вышел из Калининградского порта в Балтийское

примерно таким же, как и у судов типа БАТМ (большие автономные морозильные траулеры).

Когда мы вошли впервые в район лова, мне показалось, что мы вообще не покидали советской рыболовной зоны – насколько хватало обзора, мы были окружены нашими судами: из Калининграда и Мурманска, из Одессы и Владивостока, из всех портов Эстонии, Литвы и Латвии. Ночью казалось, что стоим мы совсем рядом с берегом – огни окружавших нас пароходов создавали иллюзию большого города...

С ловом в этот раз не очень везло: по нескольку часов бороздили мы океан тралом в надежде зацепить им косяк ставриды, пару раз удалось вытащить его полным. Чаще же косяк разбивался, и лишь небольшая часть его оказывалась на палубе нашего траулера. А еще чаще трал и вовсе оказывался пустым. Конечно же, было это для нашей команды весьма огорчительно – план не получался, соответственно не приходилось рассчитывать и на приличный заработок. А чему, собственно, было удивляться? Ведь мы-то были не только свидетелями, но и прямыми участниками хищнического уничтожения фауны по всей акватории мирового океана – от побережья Норвегии и до южной оконечности Африканского материка.

Особо в этом разбое отличаются советские суда. «Самая передовая система», будучи не в состоянии прокормить собственное население, мародерствует в международных водах, нимало не заботясь о последствиях этого разбоя, которые грозят не только каким-то породам рыб, но и экологической среде в целом.

Вот один из самых наглядных примеров. В конце 60-х годов советские разведывательные спутники обнаружили большие запасы рыбы у берегов Южной Америки. Вскоре же после этого Советский Союз заключил договор с Перу, согласно которому Москва стала поставлять этой стране оружие. А взамен было запрошено, казалось бы, совсем

поверхности иероглифами, ритмично выкрикивая на своем диковатом наречии слова молитв. Зато заработную плату от советского пароходства, – добавляет с усмешкой он, – получали они исправно. И, конечно, в долларах...

Бывалые моряки, смирившись с особым статусом этих гостей, старались не обращать на них особого внимания. Но порою и у них не хватало выдержки. И тогда случались конфликты. Ну, к примеру, такого рода.

Как-то, в плавание Чернова на траулере «Боровцев», у берегов Мавритании к борту судна причалила шлюпка с восемью одетыми в разноцветное тряпье «матросами», призванными составить пополнение экипажу траулера.

– Друг, дай послушать кассету! – обратился к одному из них кто-то из команды, когда мавританцы уже поднялись на борт, вооруженные своим главным орудием производства – транзисторным магнитофоном.

Услышав в ответ отборный русский мат – этому мавританцы учились достаточно быстро – матрос, разумеется, ответил в том же духе.

Мавританец побежал с жалобой к помощнику капитана – мол, русский матрос оскорбил его. Немедленно по рации всем окрестным кораблям была передана инструкция, касающаяся правил общения членов советских экипажей с мавританскими гостями. А матрос, обругавший мавританца, едва не лишился загранвизы. И долго еще за ним волочилась по всем служебным характеристикам отметка, указывающая на его политическую незрелость и склонность к конфликтам с иностранцами.

И все же матросы, даже под угрозой наказания, не упускали случая подшутить над осточертевшими им нахлебниками.

Чернов:

– Мавританец, которого нам прислали в этот раз, был отрекомендован экипажу как электромеханик. Вскоре,

– Почему? – взвыл мавританец, – почему ты ничего не чувствуешь?

– А ты посмотри на мое брюхо: вот скоро на наших харчах отъешь такое – тоже не будешь чувствовать!

Окружившие их работники машинного отделения – мотористы, механики, вахтенный электрик – корчились на полу от безудержного хохота. А мавританец стоял в стороне понурый и недоумевающий – в чем же тут дело?.. «Наверное, сегодня я молился без должного усердия, и Аллах не помог мне», – казалось, можно было прочесть на его лице.

Подобные истории пересказываются моряками – друг другу или в портовой компании в промежутках между рейсами. Уходя в народ, они обрастают новыми деталями, порою совершенно неправдоподобными, трансформируются в легенды, а чаще, просто в анекдоты. Вот, к примеру, один из них, рожденный опытом сотрудничества советских специалистов с представителями «братского вьетнамского народа»:

«...Из космического полета возвращается советский звездолет. В составе его экипажа – один вьетнамец. Выходя из корабля, он широко улыбается: «Колосо в космосе, оцень класиво в космосе! – повторяет он, спускаясь по трапу. – И колмят там вкусно, и спать много дают. Колосо!»

Вдруг встречающие замечают, что руки вьетнамца прочно связаны за спиной.

– А это зачем? – спрашивают встречающие командира корабля.

– А... сначала его по рукам били, чтобы, упаси Бог, какую кнопку не нажал, до приборов не дотрагивался. Ну, а потом надоело...»

черновский «миллион» кончался на паре очков, вельветовых брюках с рубашкой и платье, которое он присмотрел для сестры. Оставалось еще около 5 долларов – которых, однако, не хватало даже на пару спортивной обуви для себя самого.

– Вот они, шесть месяцев работы, умещающиеся целиком в пластиковой сумке, – подумалось с горечью. – Правы, наверное, родные, да и кто с ними не согласится: к чему гробить свои годы в море за эти-то пустяки...

Забросив сумку за плечо, Чернов подошел к прилавку-бару, установленному чуть в стороне от полок с товарами. Заказав на оставшиеся соли кружку местного пива и стаканчик рома, он присел за столик. И вскоре разговорился с продавщицами, которые немного понимали по-русски. После общества корабельных женщин – врачихи, буфетчицы, прачки, – скандалисток и валютчиц, как он называл их мысленно, – Михаил почти физически ощущал входящее в него тепло общения с миловидными девчонками, русачками, не знающими толком своих корней и весьма смутно представлявшими себе, что есть Россия, родина их дедов. Легкие волны алкоголя приятно обволакивали сознание...

Чернов:

– Ну, я после рюмки-другой и говорю: «А где у вас тут, девочки, американское посольство – я, может быть, остаться здесь хочу». Очень многое, видно, во мне накопилось, если я смог сказать это вслух, не думая о том, что другие моряки могут это услышать. А они услышали – и, по-своему желая мне добра и не понимая, что можно жить еще где-то, а не только в Советском Союзе, вернувшись на корабль, немедленно доложили об этом капитану.

Надо сказать, мозги у наших моряков здорово засорены советским воспитанием. Многие из них, если не

* * *

Все, что случилось через мгновение, казалось Чернову кошмарным сном. На пороге магазина возник капитан судна, за его спиной толпилась группа матросов с «Гефеста». Послушные команде своего капитана, они крепко ухватили Чернова за обе руки, вывели его из магазина и, сопровождаемый изумленными взглядами продавщиц, необычный кортеж направился к причалу, где матросов уже поджидал корабельный катер. Дождались остальных членов группы, погрузились в него. И катер, рассекая своим острым носом невысокие прибрежные волны, устремился к судну. Все молчали, никто, буквально никто, не проронил ни слова, никто никого ни о чем не спрашивал – все казалось ясным...

На борту капитан и замполит потребовали у всех раскрыть мешки и сумки, принесенные с берега. Ктото пытался протестовать. Ответ начальства был короток: «Будем искать спиртное и антисоветскую литературу!» Матросы послушно раскрывали сумки, обнажая их содержимое – те же самые джинсы, рубашки, очки... Подошла очередь Чернова. Под пристальным взглядом капитана и его заместителя он рванул шнурок, стягивающий горловину пластиковой сумки, и вывалил ее содержимое на пол – прямо к ногам проверяющих. Лицо капитана побелело от едва сдерживаемой ярости; его помощник что-то процедил сквозь зубы и, опустившись на колени, стал суетливо собирать рассыпавшиеся по палубе вещи. Не глядя, он пытался запихнуть их обратно в мешок, не попадал в него, вещи снова оказывались на палубе.

Остававшихся после Чернова пятерых матросов проверять не стали...

Все разошлись по каютам. Спустившись к себе, Чернов прислонился лбом к холодному стеклу иллюминатора. Приближался вечер. Море потемнело, берег зажегся

ПОБЕГ

...**Ч**ернов разрабатывал возможные варианты побега. И одовременно корил себя – ведь всего несколько часов назад он был так близок к свободе! Найти такси, махнуть в Лиму, разыскать американское посольство...

Что же делать сейчас? До берега – полкилометра. Завязать на канате узел, спустить его с борта, на всякий случай захватить спасательный круг...

Поначалу он так и поступил. Припрятанный им канат уже покоился между бочек вблизи кормы, необходимые пожитки – в пластиковой сумке. Проплыть полкилометра для опытного моряка – не проблема. При этом не исключался еще и такой вариант: вокруг траулера постоянно сновали лодки с перуанцами, которые не теряли надежду выменять что-нибудь у корабельной команды – капрон ли, слесарный ли инструмент, а может, просто еду – на водку.

– Эй, рус, – весело покрикивали они, задирая вверх курчавые головы, – давай сверла, давай инструмента, давай тушенка – много водка будет!

– Может, возьмут в лодку, добросят до берега?.. – подумав немного, Михаил решил на них не рассчитывать – где, в конце концов, гарантия, что его не заметят с борта? Или – что повезут к берегу? Да еще нужно что-то своровать с корабля, чтобы расплатиться с ними – чего делать решительно не хотелось. В общем, Чернов решил полагаться только на себя самого.

Наступило 26 января. Первая партия моряков, возвращающихся домой, – их было 70 человек – спустилась на транспортный катер, который почти сразу же отчалил от борта траулера и направился к порту. Спустя несколько часов все отбывающие окажутся в аэрофлотовском самолете на пути в Москву... На борту оставалось всего 16 человек.

– Значит, – рассуждал Михаил, – надзор будет ослаблен, и ночью, под покровом темноты, побег может выглядеть вполне реальным.

безуспешно пытаться зачистить и промыть контакты многочисленных реле, покрытых густой морской коростой.

Подошел катер. Матросы погрузились в него, и спустя полчаса вся группа уже садилась в автобус, направлявшийся к аэропорту. Чернов шутил, рассказывал какие-то анекдоты, кому-то помог тащить чемодан, изо всех сил стараясь не показать ребятам, что в действительности творилось у него на душе в эти минуты.

В автобусе раздали авиабилеты. И когда впереди, за огромным, усеянным столбами и вышками пустырем, показалось здание аэропорта, он огромным усилием воли, как бы отрезая себе все возможности перемены принятого им решения, разорвал свой авиабилет – так, чтобы никто этого не заметил – и засунул в темный угол под сиденьем оставшиеся клочки.

Приближался самый ответственный момент задуманной операции: Михаил стал внушать себе, что испытывает сильнейшую боль в желудке. И когда все вышли из автобуса, он настолько вошел в роль, что, как ему казалось, стал действительно ощущать ее приступы. Но… но никто вокруг не обращал на его преломившуюся пополам фигуру ни малейшего внимания. И тогда Михаил бросил на землю сумку и направился во внутренние помещения аэропорта один.

Из этого эпизода, длившегося считанные минуты, но занявшего как будто целую вечность, он запомнил только вытаращенные глаза электромеханика Закревского, его сдавленный то ли шепот, то ли крик: «Миша, тъr куда!?» И дрогнувший голос капитана: «Чернов, я за вас больше не отвечаю!» Но тогда до них, видимо, все же не доходил истинный смысл происходящего: скорее всего они понимали это как очередную эскападу подчиненного, которому терять уже нечего и который решил напоследок, перед самым возвращением на родину, выкинуть еще какое-нибудь коленце, чтобы и после увольнения из экипажа оставалось чем-то похвастать перед дружками на берегу.

внимания редких встречных. Потом он пересек мостовую и, уже бегом, забыв обо всякой осторожности, бросился в глубь улиц, ведущих к центру города. Время от времени он переходил на быстрый шаг, а, слегка отдышавшись, опять бежал, блуждая по незнакомым переулкам с незнакомыми названиями и... снова очутился в нескольких кварталах от больницы. Было это настолько похоже на побег Хомы Брута из гоголевского «Вия», что Чернов вслух рассмеялся этой мысли.

– Нервы! Приведи в порядок нервы! – приказал он себе. В карманах его, кроме медицинского паспорта моряка (остальные документы были в госпитале), оставалось около десяти тысяч солей. И на руке – советские часы.

– Доберусь! – решил Михаил и стал искать такси.

Сев в него, путая английские и испанские слова, он объяснил водителю, что направляется к своему другу – американскому консулу, и просил вести машину как можно быстрее.

Шофер оказался понятливым парнем, его старенький «Шевроле» несся по улицам, казалось, на пределе дозволенной скорости и своих технических возможностей. И все же ехали довольно долго.

Добравшись до посольства, Чернов с трудом втолковал водителю, чтобы тот подождал его в машине. Он подошел к дверям посольства и, дополняя немногие известные ему английские слова отчаянными жестами, обратился к охраннику с просьбой пропустить его внутрь или вызвать кого-либо из консульского отдела. Тому, что сказал ему охранник, верить не хотелось: сегодня – выходной, консул будет только завтра...

Вернувшись к поджидавшему его такси, Чернов снял с руки часы и протянул их водителю. Тот удивленно посмотрел на него, что-то затараторил, но часы взял. Машина резко рванула с места и, оставив за собой столбики желтоватой дорожной пыли, исчезла за углом. Михаил остался один.

Когда Чернова вывозили в город, иногда – на пляж, останавливались в самых безлюдных местах, стараясь не обращать на себя внимания.

И все эти два с половиной месяца, пока Михаил укрывался в монастыре, советские разыскивали его. Сравнительно легко им удалось выяснить, какая организация взяла под защиту Чернова. Но где он жил – они не знали. Однажды кто-то из советского консульства полчаса висел на телефоне, убеждая директора этой организации вернуть Чернова советским властям:

– Вы понимаете, Россия дала ему такое образование, такую работу! Да он, наверное, просто сумасшедший, что не хочет возвращаться домой!

– Ну, а раз он сумасшедший, то вам он тем более не нужен! – ответствовала ему директор.

Сам же Чернов вести с советскими какие-либо переговоры отказался сразу.

– Молодец! – внушала ему потом новая его знакомая, Валя Терещенко, прижившаяся в Перу после германского плена, Италии и последовавших за ними многомесячных скитаний по беженским лагерям.

– Встретился бы с ними – силой бы постарались взять: знаешь, навалятся несколько человек, скрутят – и в машину, на аэродром. И никто бы не заступился – потому что между СССР и Перу существуют какие-то негласные договоренности, они оружие сюда поставляют... А насчет тебя советский посол звонил в нашу церковь – очень убеждал, чтобы тебя уговорили встретиться с ним...

Да и из других источников Чернов знал, что ведут себя здесь советские вполне свободно, почти как дома – об этом ему и прихожане церкви, и монахи говорили, предупреждая, чтобы не выходил за пределы храма – остерегайся, мол, ищут тебя...

ОДИССЕЯ
ОЛЕГА ЕМЕЛЬЯНОВА

В квартире, которую Олег делит с двумя своими соседями, телефона нет. «Обходимся...» – коротко роняет он. И даже сейчас, при самой первой встрече и при первой нашей беседе, мне кажется, я хорошо понимаю его. Ему и впрямь не нужен телефон. И даже не в том дело, что звонить-то ему особо некуда. Как, впрочем, и неоткуда ждать звонков. Пока – неоткуда. Хотя Олег вовсе не производит впечатления нелюдима – ему, как и всем нам, нужны друзья. И через какое-то время они появятся. А пока... пока мне кажется, что ему лучше, даже, я бы сказал, – правильнее побыть наедине с самим собой. Ему нужно еще какое-то время, чтобы самому

РАССКАЗ ОЛЕГА ЕМЕЛЬЯНОВА О ТОМ, КАК ОН БЕЖАЛ ИЗ СССР

- **Р**одился я в Вологде, в семье военного. Путешествовали вместе с отцом – куда его посылала служба, ехали и мы. Какое-то время довелось жить в Восточной Германии; мотало нас и по российским городам. А последние годы – собственно, большую часть моей жизни – провели мы в Солнечногорске. Там я кончил школу, учился в техникуме, институте. Ни того, ни другого не закончил... в общем, по разным причинам. Но все же пару лет проработал на инженерной должности в «почтовом ящике». Вот в этот период и начались мои разногласия с советской властью.

И мысли, бродившие во мне не первый год, – что вот, мол, хорошо бы пожить где-то в другой стране, ну, Швеции, например (меня почему-то всегда тянуло именно в Швецию), сменились чувством необходимости выезда из СССР – любой ценой, любым способом. Шел тогда 1982 год...

Из размышлений вслух
Очень, очень крепка была моя решимость уехать. (Ни разу в нашей беседе не употребил Олег слов «убежать», «побег», именно «отъездом» называет он свой путь на Запад. А саму

Рассказывает Олег:

– Когда-то Бисмарк сказал: «Только глупцы учатся на своих ошибках, я предпочитаю учиться на чужих». Мудрая мысль... И я стал думать о возможности переплыть границу. К этой мысли меня подтолкнула одна передача «Голоса Америки». В ней рассказывалось о том, как советский турист спрыгнул ночью с палубы теплохода, совершавшего круиз без захода в иностранные порты.

Было это в районе Филиппин, довольно далеко от берега. Однако этот парень хоть поначалу и «промахнулся», проплыв мимо ближайшего острова, но все же добрался до другого. Но такой способ мне показался довольно рискованным. Да и на зарубежный круиз попасть не так-то просто...

Олег решил бежать морем от побережья. Сначала была мысль уйти северным путем – через Балтийское море в Швецию. Он знал, что страна эта никого не выдает, а ближайшая ее территория – остров Готланд – всего в 150 километрах от советского берега, если плыть прямым курсом.

С другой стороны, если пытаться уйти в море с ближайшей точки советского берега, риск быть задержанным многократно увеличивается – именно в этом районе охрана должна быть самой серьезной. Так весной 1984 года Олег оказался на берегу Балтийского моря.

Олег:

– В первый же день, бросив вещи в пустовавшем гараже, где мне удалось пристроиться на пару дней, я вышел к морю. И первое, что я увидел – сторожевой корабль на горизонте. Я пошел вдоль берега в одну сторону – и почти уперся в сторожевую вышку. Вернулся, пошел в другую – остановила милиция: оказалось, там живут какие-то высокопоставленные лица.

Так, побродив по берегу, я в первый же день установил, что в этом районе пытаться бежать было бы безрассудным

можно по крупицам выбрать сведения, полезные в той или иной степени, если побег все же состоится.

Например, Олег не знал, что если человек окажется за бортом даже в относительно теплой воде, в Черном море, например, ему непременно нужно выбраться из нее не позже, чем через пять часов – иначе наступает переохлаждение организма, потому что вода обладает большей теплоемкостью, чем тело. Проходят эти часы, человек теряет сознание, и вскоре наступает смерть. Теперь Олег это знал.

Олег:

– По всему выходило – плыть надо через Черное море. Так, во всяком случае, показал анализ, который я провел, пользуясь пятибалльной системой оценок мест и возможных способов побега. Теперь надо было решать – из какой точки. Батуми или Сухуми сразу отпадали – хотя бы потому, что они первыми приходят в голову, поскольку от них до турецкого берега самый короткий путь. Следовательно, и граница там наиболее охраняемая. Тогда я подумал – Крым. Но там Севастополь, военная база, верфь. Значит, надо пробовать гдето в стороне, но именно от Кавказа: турецкий берег срав-нительно недалек, наш же имеет пологий рельеф, следовательно, линия горизонта ближе, и это ограничивает возможности радиолокаторов.

К тому же в рассказах путешественников, которые я выискивал в разных изданиях, попадались упоминания об их встречах с пограничниками – чаще всего, когда речь шла о том, как они заблудились в море. Разумеется, все эти истории заканчивались благодарностью пограничникам, вовремя пришедшим на помощь горе-путешественникам. В мои же планы вовсе не входила встреча с теми, кто, как у нас говорят, «держит границу на замке».

В общем, стало ясно, что уходить надо с кавказского берега. Остановился я на районе Анапы, что имело и еще одно преимущество: в случае, если в море остановят погра-

т. е. пригодные для установки на любой лодке при помощи струбцин.

Олег купил этот парус. И, оставаясь верным себе, он занялся сначала теорией плавания под парусом этой конструкции. Однако инструкция к парусу оказалась короткой и настолько невнятной, что пришлось самому чуть ли не заново создавать эту теорию в процессе практических тренировок. Есть недалеко от Москвы живописное озеро, любимое место рыбаков, съезжающихся туда со всех уголков области. Называется оно Сенеж.

На этом озере Олег и осваивал все премудрости управления парусной лодкой. Тогда-то он, натирая ладони до кровавых мозолей и вымокнув с ног до головы, познавал на практике, что такое «центр парусности» или «центр бокового сопротивления». Самым трудным, вспоминает он сейчас, было заставить лодку идти против ветра, порывы которого на Сенеже иногда по силе приближаются к морским.

Олег:

– Когда же пришло умение, я просто полюбил этот вид спорта – плавание под парусом. Я и сейчас, бывает, скучаю по своей лодке. Чего, честно говоря, не могу сказать о своем напарнике – одном знакомом, с которым я поделился своими планами и который после довольно долгих колебаний решил присоединиться ко мне. Для него лодка была и осталась просто способом бежать, и не больше. Но именно он настоял на том, чтобы мы, кроме паруса, использовали и мотор, что, в общем-то, оказалось вполне разумным – тем более, что нас уже стало двое и доставка лодки и всего имущества, необходимого для осуществления нашей задачи, значительно облегчалась.

А вещей этих, даже при самом тщательном отборе только крайне необходимого, набиралось немало, и общий их вес подошел к 100 кг. 15 килограммов тянул парус, 11,5 – мотор. Ну, канистры для бензина и воды (помню, какой проблемой

И теперь их было уже двое. Сейчас о своем товарище Олег говорит скупо и неохотно, даже избегает называть его по имени. Есть, вероятно, у Олега на то свои причины. Ко времени же, намеченному для побега, они знакомы были уже лет десять – у товарища была квартира в том же Солнечногорске. Правда, приезжал он туда наездами из Актюбинска или Днепропетровска – в этих городах он работал радиомонтажником (хотя первая его профессия была – зубной техник).

Во всяком случае, тех нечастых встреч, которые бывали во время наездов в Солнечногорск, ребятам вполне хватило, чтобы установить совпадение взглядов по многим вопросам. В том числе и по поводу крайней желательности оставить каким-то способом страну, в которой им довелось родиться.

Первый раз, в мае, товарищ Олега на предложение бежать вместе сказал «возможно» – он довольно долго сомневался в серьезности намерений Олега. В июне, окончательно убедившись, что Олег намерен бежать – даже один, он все же сказал: «да, я с тобой». Когда-то он занимался водно-моторным спортом, у него была моторная лодка; он-то и настоял на том, чтобы использовать, кроме парусной тяги, и мотор.

К тому времени Олег успел прочесть массу литературы: сейчас он признается, что, наверное, мог бы сам написать на эту тему книгу, что-нибудь вроде – «Как бежать морем». Да кому она здесь нужна! Бежать? Купи билет в любой конец света – езжай, лети, плыви...

Особо полезной оказалась книга Аллена Бомбара «За бортом по своей воле». Автор писал ее для тех, кто на море потерпит катастрофу, и, конечно же, ему в голову не могло прийти, что книга его сыграет роль учебного пособия для двух беглецов из Советского Союза. Остается надеяться, что после нашего рассказа она не окажется изъятой советской цензурой из библиотек и, глядишь, пригодится последователям героя нашего повествования.

что ценного в полиэтиленовой канистре? Но, представьте себе, повредилась она в пути – а достанешь ли другую в Анапе, от берегов которой мы собирались начать свою одиссею?..

И вот мы в Анапе. Сняли небольшую комнатку, объяснили хозяйке, что мы туристы, дома будем мало, и сразу отправились на пляж – осмотреться, выяснить обстановку: дежурят ли там катера, патрулируется ли берег. Провели на берегу полные сутки – день и ночь. Ничего тревожного не обнаружили. Заметили, правда, на песке пляжа следы протектора шин армейского образца – елочки такие, но больше ничего подозрительного не обнаружилось. Может, ночью они там и патрулируют.

Конечно, мы знали, что здесь есть пограничная морская охрана, что все владельцы рыбачьих лодок обязаны их регистрировать, и для того, чтобы выйти в море, они должны получать специальное разрешение. Так что мы были настороже. И вот, забавный случай: на вторую ночь идем мы вдоль пляжа и видим – навстречу нам движутся двое пограничников с собакой. Они видят нас, мы – их. Сворачивать некуда, продолжаем сближаться. Подошли вплотную – двое мужичков тащат с пляжа украденный ими топчан-лежанку, силуэт которого мы приняли в темноте за собаку. Словом, они напугали нас, а мы – их.

На другой день поехали на станцию Тоннельная забирать свой багаж. Дотащили его до квартиры, которую снимали, рассчитались с хозяйкой, сказав, что едем на два-три дня развлекаться, потом, мол, вернемся. Пошли на берег. Там собрали лодку, упаковались. Все было готово к отплытию. И в это время на море поднялся сильнейший ветер. Огромные волны накатывали на лодку, едва мы успевали отчалить от берега, волной захлестывало мотор, и он глох. И так повторялось бессчетное число раз: дергаешь за шнур мотора, кажется, – он уже больше никогда не заведется, а он прочихается и, глядишь, снова постукивает

Сейчас мне кажется – это были самые счастливые часы моей жизни! Конечно же, мы не ощущали полной безопасности: справа от нас был установлен прожектор пограничников, который мог в любую минуту засечь нас. Но, видно, в ту ночь солдаты несли службу не очень внимательно; нам даже казалось, что они развлекаются – то направят прожектор в море, то – к небу. А может, у них тактика такая. Во всяком случае, ближе, чем за 5 километров от нашей лодки, луч не попадал, и казалось маловероятным, что они сумеют нас обнаружить. Вот если бы они точно знали, что мы плывем – тогда нам было бы не уйти...

В общем, без всяких приключений отошли мы на приличное расстояние и круто свернули на юг, к Турции. Я не считаю себя романтиком, но в эту ночь меня обуревали какие-то совершенно новые для меня чувства. Представляете себе – глубокая ночь, пропали даже далекие огоньки рыбачьих судов, время от времени возникавшие где-то далеко от нас, пока берег был близко. Плывем, как будто мы одни во всем мире. А вокруг винта мотора изумительной красоты переливающееся свечение: живущие в воде микроорганизмы начинают светиться при перемешивании воды лопастями винта, и возникает такое ощущение, как будто мы летим в ракете, а позади нас вихрится голубое пламя.

Жаль, что фотоаппарат, который я взял с собой, попал в воду при нашей первой попытке, кадры были бы впечатляющие... И еще одна странная вещь: чудятся вокруг лодки какие-то столбы. Мираж, конечно, но мы с товарищем, казалось, оба видели их. А днем, опять же у обоих, одновременно появилось ощущение, что мы едва-едва отошли от берега – вот он, прямо позади нас... Оглянешься – кругом морская гладь, до самого горизонта...

Ночь и день прошли относительно спокойно, если не считать наших неожиданных спутников – дельфинов. Честно говоря, с ними у меня связан самый большой страх, который

Правда, один раз в этот день монотонность нашего пути была нарушена совершенно удивительным случаем: к нам в гости пожаловала бабочка. Мы глазам своим не поверили – километров за 200 от советского берега, она летела в сторону Турции; крохотное существо с трепыхающимися на ветру миниатюрными белыми крылышками, она сделала несколько виражей над нашей лодкой и снова устремилась на юг, то набирая высоту, то резко снижаясь и почти касаясь брюшком морской глади.

А потом хорошая погода кончилась, задул сильный ветер, поднялись волны. Плыть на лодке в такую погоду – небольшое удовольствие, особенно когда стемнеет. Ночи длинные, сыро и зябко, даже если воздух остается теплым (было где-то около 20 градусов). Выспаться невозможно: чтобы понять почему, достаточно познакомиться с конструкцией нашей лодки. От носа до кормы она была длиной 3,2 метра, а по ширине – 1,4 м.

Резиновые поплавки и натянутое в передней части резиновое полотнище, прикрывающее от брызг, занимали столько места, что для жизненного пространства почти ничего не оставалось. А ведь был у нас с собой еще какой-то груз – канистра, резиновые поплавки, наполненные пресной водой (они пластичны и куда удобнее канистры), яблоки – только и оставалось места, чтобы сидеть. Какой уж тут ночью сон!

Помню, перед побегом меня долгие ночи мучала бессонница. А здесь – сидишь за рулем, глаза сами собой закрываются, спишь каких-то пару секунд, даже сниться что-то начинает, вздрагиваешь, поднимаешь голову, видишь – уже сошел с курса и плывешь кудато не туда.

Если учесть несовершенство нашей навигационной «аппаратуры» – о ней я сейчас расскажу подробнее – нетрудно понять, чего нам стоило хотя бы приблизительно держаться взятого курса. Так вот, был у нас компас, самый примитивный, для туристов, наполненный внутри жидкос-

взлетала на огромную высоту, поднятая гребнем волны, то, скрипя всеми узлами своей незамысловатой конструкции, проваливалась кудато в бездну.

Олег:

–Происходило все совсем как в кино. С той только разницей, что были мы не зрителями, а участниками этого действа. Волны захлестывали, кружилась голова, похоже, что нас начинали доставать приступы пресловутой морской болезни. Проглотили мы по размокшей таблетке аэрона. Не знаю, помогли ли они нам. К счастью, желудки наши были пусты – я вычитал где-то, что для оказавшихся в нашем положении лучше совсем не есть и не пить, – тогда организм входит в экономичный режим расхода энергии, а при пустом желудке морская болезнь не так уж и страшна.

Пить мне почему-то в пути совсем не хотелось. Из пятидесятилитрового запаса пресной воды, что мы прихватили с собой, большая часть осталась неизрасходованной. Из еды же были у нас с собой только яблоки и витамины – на них мы и продержались весь путь. И еще была у нас с собой аптечка, главным образом, с обезболивающими лекарствами (ее потом турки отобрали), но она, слава Богу, не пригодилась...

* * *

Сейчас Олег чуть ли не с нежностью вспоминает о моторе и парусе, установленных на лодке – ни тот, ни другой не подвели. Кстати, о парусе: некоторые премудрости управления им ребятам пришлось познавать уже в море. Так, например, выяснилось, что самый благоприятный ветер не попутный, как, наверное, мы все с вами думаем, а перпендикулярный курсу лодки – в этом случае парус начинает действовать как крыло, возникает дополнительная аэродинамическая сила, увеличивающая скорость движения лодки.

огромным корпусом, и, казалось, вот-вот их пути пересекутся и он подомнет под себя крохотную скорлупку с ее пассажирами... Но он прошел мимо, буквально в 50 метрах от лодки. Ребята кричали, махали руками, пытаясь обратить на себя внимание – но палуба была пуста, и только длинный ряд иллюминаторов, чуть поблескивающих зашторенными изнутри стеклами, небыстро проплыл мимо. Не помогли и свистки, которые ребята специально прихватили с собой для такого случая – никто их не услышал.

На пятый день плавания встретилось несколько пароходов – и все повторилось. Один из них – нефтеналивной танкер – проплыл особенно близко, с лодки хорошо видны были пятна ржавчины на его бортах, открытые двери палубных построек, капитанский мостик. Казалось, ребят заметили и идут им на выручку... Они же, в свою очередь, изменили курс лодки, чтобы скорее встретить спасателей. И опять – мимо. Было страшно обидно, настолько, что название этого парохода запомнилось, наверное, на всю жизнь. Странное такое название – «Авелин Маркс».

Олег:

– Ох, попался бы мне тогда этот капитан! Мы уже представляли себя в сухих теплых каютах со стаканом пепси-колы в руках (почему-то именно пепси). И спать, спать, спать...

Мы снова свернули на юг. Потом попадались еще суда, но все они были настолько далеко, что на их помощь рассчитывать не приходилось – должно было бы произойти чудо, чтобы нас с них заметили. Когда появилось солнце, я достал зеркальце и пытался сигналить им зайчиком – о таком способе я тоже вычитал в свое время. И хотя огромное расстояние не позволяло надеяться на успех, но было такое ощущение, что свой долг я выполнил, сделал все, что возможно, чтобы обратить на нас внимание.

Начиналась последняя, пятая ночь. Тогда, правда, мы не знали, что она будет последней, проведенной нами в море,

Потом, когда мы уже доплыли, оказалось, что это был какой-то мыс, выдающийся в море. А спустя еще часов десять показался все же настоящий берег – пустой, безжизненный. И чуть в стороне – вроде бы маленькая деревушка. Потом я проверил свои расчеты, учитывающие выпуклость земли и высоту этих гор – оказалось, что мы могли заметить их еще вечером предыдущего дня, будь погода ясной.

Правда, от намеченного мною курса мы немного отклонились – градусов на 5 в сторону от намеченной точки – города Синоп. Но, учитывая крайнюю примитивность нашего компаса, а также то обстоятельство, что благодаря магнитным аномалиям линии магнитного поля не строго параллельны (они иногда могут отклоняться даже до 45 градусов), можно считать, что задача наша была выполнена блестяще.

Правда, я все время проверял показания с помощью часов. Есть такой метод – часовая стрелка направляется в сторону солнца, угол, образуемый между нею и указателем «2 часа», делишь пополам и сравниваешь полученный результат с показаниями компаса. А еще мы пытались настроить антенну радиоприемничка на турецкие станции – когда они стали слышны – и определяли по степени их слышимости направление берега.

Потом постепенно стала открываться панорама большого города, как оказалось впоследствии, – Самсуна. В его порту стояли на приколе три больших судна – греческое, итальянское и, кажется, либерийское – с флагом, похожим на американский, но только с одной звездой.

Во всяком случае, стоявшие на его борту люди очень напоминали американцев – таких, какими мы их себе представляли. Мы помахали им с лодки руками, они нам ответили тем же. И, обогнув эти суда, мы направили лодку к берегу. Плывем и ожидаем – вот сейчас нам навстречу направится катер с береговой охраной: порт-то пограничный. Скорей бы, думаю, нас взяли – так надоела эта сырость! Ничего подобного! – пока мы не подплыли к берегу, пока не

набралась вода, а оставшиеся вещи, по-видимому, не приглянувшиеся ворам, были разбросаны по берегу. В общем-то, кроме мотора, ничего ценного у нас не было – так этот мотор и стащили. Чуть позже подъехал трактор с прицепом. Нас заставили погрузить на него лодку и оставшиеся пожитки, снова посадили в машину и отвезли – на этот раз уже в солидный офис, находившийся в каком-то большом здании...

* * *

С этого часа открылась новая страница биографии беглецов. Скажем мягко – не лучшая страница. Допрос начался с предложения говорить по-французски – почему-то турки предпочитают его другим иностранным языкам, хотя сходство у турецкого с французским не больше, чем, скажем, с португальским. Потом пытались перейти на английский (он у них оказался вторым по степени популярности). А потом приехали новые чиновники, по всей видимости, боссы. Разговор продолжился на английском, с которым попутчик Олега, как мы уже знаем, был немного знаком. И что бы ребята ни пытались объяснить допрашивающим их чиновникам, те не верили ни одному их слову. Прежде всего, не верили, что ребята проплыли на лодке от советского берега до турецкого.

– Признайтесь, вас же спустили с парохода! – требовали следователи.

– Да мы бы сказали, если бы спрыгнули с парохода! – настаивали ребята. – Но мы действительно переплыли море на лодке, которую вы только что видели.

Допрос продолжался довольно долго. Снова вернулась усталость, мучительно хотелось спать. Видя состояние ребят, следователи решили прервать допрос и отправили их на отдых... в тюрьму. Там не было постелей с простынями, о которых долгими часами грезили ребята. Там даже не было собственно тюремных камер.

сами. Может быть, турки и неплохой народ, но порядки их, честно скажу, мне не понравились.

На второй день появился русский переводчик. Казалось бы, теперь-то могли нам толком объяснить, что с нами происходит, чего мы можем ждать. Так нет, ни слова! Выводят из камеры, разводят по разным комнатам. Сидим. Ждем час, другой. Потом по одному заводят в лифт, завязывают глаза, спускают вниз, грузят нас в какую-то машину, везут. Куда? Может, расстреливать? Или передавать советским? Очень неуютно мы себя чувствовали.

Оказалосъ – привезли на какую-то сверхсекретную базу. Завели в комнату, усадили, продержали час с повязкой на глазах. Позже разрешили ее снять, а окна занавесили газетами – чтобы мы не могли видеть все, что снаружи. И потом почему-то стали менять газеты. Мне минуты хватило, чтобы увидеть за окнами порт, и я мог бы уже по карте показать, rде мы находимся и на каком расстоянии от тюрьмы – было же известно время, потраченное на нашу доставку сюда. Наивный народ!

Час спустя мы снова оказались в разных комнатах, как оказалось – в новых тюремных камерах. На этот раз нам достались хорошие кровати с мягкими матрацами и свежими простынями. И кормить стали хорошо – турецкая кухня мне вполне пришлась по вкусу. Я хоть и русский, но люблю белый хлеб, а не черный. Нам же всегда приносили свежайший, чуть ли не из печки, белый хлеб, дополнявший хорошо приправленную пряностями острую еду. Первых блюд не было, только вторые – но я первое и не ем. И всегда – стакан с холодной водой. А я люблю запивать водой все блюда...

* * *

И снова потянулись длинные дни заключения. Десять дней. Казалось бы, жили ребята как султаны – три-четыре

потом перестал. Зато новый способ придумал сломить наш дух: «Мы, говорит, все равно вам не верим. Не могли вы в ту ночь приплыть к нашему берегу на лодке – был сильный шторм, даже рыбаки все остались на берегу, никто в море не вышел. Кого вы хотите обмануть?» За ним и другие стали выражать сомнение.

Пригласили какого-то морского офицера. Тот говорит: «Я – моряк, плаваю много лет, но с таким компасом, как ваш, я бы море не смог пересечь». А намто и ответить ему нечего: мы же добрались, и именно с этим компасом. Хоть компас, и правда, примитивный, но направление-то он показывает. А нам в этом месте можно было хоть и на все тридцать градусов ошибиться – все равно мимо Турции мы бы не промахнулись.

– Что ж, – говорю, – сажайте меня обратно в эту лодку, поплыву дальше через Средиземное море.

– Ладно, – смеется он, – я с тобой, поплывем вместе, научишь и меня.

А тот, маленький, снова встревает:

– Только, – говорит, – сначала возьмем с тебя подписку, что, если ты будешь тонуть, мы тебя спасать не будем, не рассчитывай, – и опять: – Сознавайся, ты – советский шпион!

Просто зло брало: ну сказал бы – да, мы из КГБ – так все равно бы не поверили. Я ведь, и правда, не знаю даже, где этот КГБ находится, знаю только, что штаб их на площади Дзержинского в Москве...

Въехали мы в Анкару. Здесь наша машина остановилась, нам снова надели на глаза повязки и пересадили зачем-то в другую машину. Снова поехали, остановились. Высадили нас из машины, ввели в какое-то здание, провели по коридорам. Сняли повязки с глаз, осматриваемся – мы снова в какой-то камере. Здесь нас раздели до трусов, обыскали, даже часы сняли с рук. Переодели в полосатые пижамы – мне моя, оказалось, едва доставала до колен. И снова развели по разным камерам – на этот раз размером едва больше спичечного коробка.

лов, прочтешь их быстро, и снова время тянется. Время от времени водили на допросы, поначалу тоже намекали – выдадим, мол, вас советским. Потом стали помягче. Был один начальник, казалось, очень приличный человек.

– Подождите немного, – говорит, – посидите. Выясним все – и поедете куда хотите.

Где-то недели через три вдруг выводят из камер, на глаза – повязки и, ничего не говоря, усаживают в машину. Куда, зачем?

Проехали мы по улицам, остановились у кафе. Здесь нас угостили превосходным мороженым, и я стал умолять сопровождающих – дайте, говорю, хоть немного походить, ноги же совсем застоялись!

– Нельзя, – отвечают, – никак нельзя.

Так обратно и вернулись. По пути показали нам посольскую улицу – ту, где находятся иностранные пред-ставительства. Проехали мы и мимо советского посольства. Мимо!

Показали нам дом, где родился Ататюрк. Очень он у них популярен, по телевизору его портрет показывают чаще, чем в России – Ленина.

А еще через неделю нас отправили в Мюнхен. Правда, перед этим отобрав кое-что из нашего имущества. Ну лодка, Бог с ней, она свое отслужила. А были какие-то памятные вещи. Тот же компас, например, – я хотел его сохранить как сувенир. Или – ключи от солнечногорской квартиры – тоже память, вроде бы. Куртка у меня была хорошая – очень бы пригодилась в первое время. Мыльницу даже с мылом забрали.

– Все, – говорят, – сложено в твою сумку, отдадим в аэро-порту.

В Германии уже открываю эту сумку – пуста, нет там многого памятного для нас.. Так вот они меня напоследок обидели.

Человек совершил ошибку.

– В Швеции, – почти не задумываясь, ответил он.

– Почему? – удивились сотрудники Толстовского фонда. – Там ты всегда будешь чувствовать себя иностранцем. Езжай лучше в Америку - она принимает всех, и там ты станешь полноценным гражданином этой страны.

Олег согласился, но почти сразу передумал. «Америка, – размышлял он, – далеко, что там будет, кто знает? А Германия мне нравится, народ здесь обязательный, во всем виден порядок». Да и язык, вроде, хорошо пошел - спустя пару недель он уже мог объясниться и его понимали.

– Хорошо бы остаться здесь, – просил Олег.

– Тебе очень повезло, – услышал он в ответ, – тебя приглашают в Калифорнию. Это чудесное место. Езжай, не раздумывай!

И спустя несколько дней Олег уже сидел в удобном кресле авиалайнера, а где-то далеко-далеко внизу неслись облака, и еще ниже плескались воды Атлантического океана. Его бывший товарищ, спутник в этой одиссее – «подельник», как выразился бы советский следователь, попади они в его руки, – летел с ним в одном самолете. Но дальше его путь лежал в Вашингтон - там у него обнаружились какие-то знакомые, и он рассчитывал начать свою новую жизнь вблизи от них.

В Нью-Йорке они поселились в одной гостинице, но почти сразу утратили связь друг с другом. До такой степени, что, когда товарищу звонили из Толстовского фонда, чтобы принять ребят на довольствие и оказать им посильную помощь, он не сказал сотрудникам фонда, что приехал не один...

Странно, не правда ли, как иногда складывается жизнь?

Олег сумел разыскать эту организацию лишь спустя несколько дней; он ожидал, что оттуда ему позвонят - так было установлено еще в Мюнхене. А ему никто не звонил. Тогда он решил сам найти Толстовский фонд в телефонной

зал: «Лекарства и письма следует передавать по почте», – и в трубке зазвучали короткие гудки.

Олег дозвонился до Толстовского фонда, правда, спустя три дня, когда у него оставалось буквально несколько центов – все деньги ушли на оплату гостиницы. И чай с булочками, на которых он продержался все эти дни.

Сейчас у Олега все в порядке. Он занимается на курсах, учит английский. Вскоре, вероятно, начнет изучать программирование – тяга к точным наукам уже выручала его в жизни. Выручит она его и на этот раз.

* * *

– Теперь я – свободный человек, – говорит Олег в конце нашей встречи.

– Если все будет хорошо, – продолжает он, – я постараюсь стать первым русским, который совершит кругосветное путешествие на яхте.

В марте 86-го Олегу исполнилось 30 лет.

Беглецы пока держатся вместе...

ной... пылью... серебрится... его бобровый... воротник!..».
Автомобиль трясёт, неровности булыжной мостовой
совершенно ощутимы – так, будто бы толстая резина не
укрывает собою железные ободы его колес. На повороте с
Невского на набережную Фонтанки её спутник поднимается вдруг – во весь свой огромный рост.

«Широ-о-о-кая масленица!..» Малиновый шарф разве-
вается подобно языческому стягу, мохнатая шапка чудом
удерживается на его голове. Наверное, таким увидит его
годы спустя в своей мастерской художник – возникшим
вдруг на её пороге и загородившим собою дверной проём
– и таким сохранит его чудотворная кисть медленно уходя-
щего из жизни мастера. Сохранит навсегда. «...Ты-ы с чем
пришла!..» – слышится уже в конце квартала. Стоящий на
углу городовой укоризненно глядит им вслед, прикрывая
рукавицей лицо от колючего ветра.

Господи, как хорошо, как замечательно все это! Этот
замешанный туманной сыростью густой воздух, эти низкие облака, эта река – она плещется там, совсем рядом, за
чугунными витыми решетками, протянувшимися между
гранитных тумб, неспешно неся темные осколки льдин.

«Остановите, остановите авто!» – соскочив с подножки
еще движущегося автомобиля, она бежит к парапету, при-
жимается спиной к перилам, машет ему рукой...

А сколько же прошло с того бала? Да, не так уж и
много – шесть... нет, семь лет... Вот он, отойдя от рояля,
за которым остается ещё сидеть аккомпаниатор, и только
что представленный группке выпускниц пансиона, учтиво
склонив голову, осторожно кладет ладонь на её талию...
«Кажется, такой неуклюжий – откуда же в нем столько
грации?» – думает она, закруженная вальсом. Ей вдруг
кажется, что вся она целиком умещается, тонет в этой
огромной ладони.

И совсем так же, как тогда в быстром вальсе, перед
глазами ее слились в сплошную полосу лица подруг, пыш-

* * *

44-й год, декабрь... Война скоро кончится – об этом уверенно говорят в очереди, что задолго до рассвета выстраивается в Орликовом переулке. Фасад продуктового магазина, когда-то тщательно оштукатуренный, празд-нично-желтый, теперь весь в сколах, в комьях смерзшихся грязевых брызг, оставшихся с долгой осени.

Пытаясь сохранить остатки домашнего тепла, женщины кутаются в платки, бьют себя по бокам, приплясывают – отчего снег под их ногами сбивается в плотную корку, темнеет и становится скользким. Болтаются, постукивают пустыми бутылками авоськи: обещали с утра молоко. Скользят по насту деревянные костыли, много костылей – на них опираются, одетые в шинели со следами споротых погон, совсем ещё не старые дядьки.

Война скоро кончится. Скоро.

«24-мя артиллерийскими залпами!..» – нарочито растяги-вая слова, совсем как диктор Левитан, вещают в самодельные рупоры – обрезки водосточных труб – пацаны, забравшиеся на припорошенную ночным снегом, огромную, занимаю-щую чуть не четверть всего двора, кучу угля. Уголь свален ближе ко входу в подвал – там дворовая котельная. Грубые, хрипловатые мальчишеские голоса победно поднимаются вверх, вдоль стен нашего двора-колодца, составляющего утробу пятиэтажной кирпичной громады.

Дом занимает весь квартал, отделяя собою Кировский проезд от Боярского переулка. Впереди него – гранитная арка станции «Красные ворота»; там, в вестибюле метро, клубится пар, образованный врывающимся в открытые стеклянные двери морозным воздухом. Удивительный пар, не похожий ни на какой другой: возникая, он тут же сме-шивается с постоянно витающим (только здесь, только в этом метро!) волшебным запахом моего детства – запахом шоколадных ирисок.

глянце выложенного замысловатыми многоугольниками паркета.

Я и сейчас, спустя много лет, закрыв глаза, вижу отчетливо наш коридор. Он совсем не похож на типичный московский: здесь отсутствуют сундуки в темных углах, и педали велосипедов, подвешенных крюками на уровне глаз, не заставят вас, проходящего, прижаться к противоположной стене. Наш коридор широк и просторен. К тому же он совершенно пуст – даже мой велосипед, собранный из частей и деталей по меньшей мере трех довоенных веломашин, хранится в прихожей квартиры на первом этаже, где живут бабушка с папиной сестрой.

А больше ребят в квартире нет – если не считать совсем маленьких Юрку с Мариной. У них долго еще не будет своего велосипеда – и потому что рано им, и потому, что давно живут без отца. Юрка хотел, чтобы во дворе знали – отец их на фронте пропал без вести. То есть погиб, скорее всего.

...Он и правда погиб – но в заключении. Тогда же знать нам этого было нельзя.

Квартира когда-то вся принадлежала Кливанскому. Семену Ароновичу Кливанскому, видному меньшевику, совершенно невероятным образом не задетому частыми лопастями мясорубки, запущенной четверть века назад его политическими оппонентами. Он и сейчас живет здесь со своей дочерью Бэллой, старой девой, служащей корректором в научном издательстве. А может – редактором. Она почти всегда дома, ее нередкие гости приносят в охапке толстые портфели и сумки, из которых высовываются лохматыми углами пачки рукописей.

Кливанские – самые редкие гости на кухне. Оба ходят бесшумно, она – кутаясь в длинный махровый халат, он – в полосатой пижаме, накинутой на ночную рубашку, склонив блестящую, опушенную венчиком седых волос, лысую голову. Желтые светляки лампочек пробегают по стеклам

чердачные лабиринты, мы собирали с гремящего, крашенного охрой, железа осколки зажигательных бомб. Осколки эти потом можно было выменять на противогазные маски, резина которых совершенно незаменима при изготовлении первоклассных боевых рогаток. Или – на запчасти для самодельных пистолетов-хлопушек: кажется, их называли «мечики» и собирались они из трубочек, бойков, пружинок и каких-то металлических загогулин.

Потом, спустя года три, я снимал отсюда своим фотокором – реликтовым советским аппаратом с растягивающейся гармошкой и кассетами, в которые вставлялись стеклянные фотопластины, – все стадии строительства нового здания-высотки: в это здание вскоре переехал НКПС, как тогда сокращенно называлось ведомство железных дорог.

Между прочим, крышей же могла завершиться моя недолгая жизнь – когда однажды, в первую послевоенную зиму, мы затаились там, устроив засаду на лазутчиков с недружественной нам Домниковки. Покидал я ее почему-то последним; часы, проведенные на звенящей от морозного ветра жести, свели мёртвой судорогой кисти обеих рук. Позже, обнаружив себя дома, я едва мог вспомнить, каких усилий стоило мне, десятилетнему пацану, распластанному на скользкой – от намерзшего льда и снежной пороши – покатой поверхности, доползти, упираясь локтями, до чердачного люка, чтобы почти замертво свалиться в него...

Вскоре на все входы в чердак навесили тяжелые замки – наверное, не без настояния моего отца.

...На окне у Анны Семеновны плотно, шершавыми глиняными бочками друг к другу, прижались горшки с маленькими кактусами. Кактусы – это увлечение Анны Семеновны, у них даже есть свои имена. И мне эти кактусы разрешается поливать. Еще мне дозволено рассматривать – сквозь мерцающие темные стекла – внутренности шкафов,

вы задумчиво слушаете стихотворение, которое я сам, сам написал под впечатлением прочитанного томика Лермонтова – в виде редчайшего исключения вы разрешили мне унести его к себе в комнату «...только на один день!»

Эти стихи, кроме вас, Анна Семеновна, не видел никто.

Потом я часто ловил на себе её внимательный взгляд, – так смотрят, когда собираются что-то сказать – важное и необходимое. Он смущал меня и тревожил, мне даже казалось, что я могу ощущать его спиной, покидая её комнату...

Несколько лет спустя, когда ей, наверное, уже было за 70, я заметил в ее руках учебник китайского языка. Она стояла у плиты, следя, чтобы из крохотной кастрюльки не выкипело молоко, и посматривала в самоучитель. «Анна Семеновна, – удивился я – зачем это вам?» Насколько чудовищна мера бестактности подобного вопроса, адресованного пожилой женщине, в голову мне, разумеется, не приходило. Ну ведь, правда, – зачем ей? В Китай она, что ли, поедет?

На всю жизнь я запомнил ее ответ. И по сей день я вспоминаю его и даже цитирую – когда есть тому подходящий повод. «Видишь ли, – сказала она, глядя куда-то поверх моей головы, – вот заметь: я всегда опрятно одета, я трижды в день чищу зубы. Я знаю, что буду делать сегодня, и планирую все, что собираюсь сделать на этой неделе. Я живу так, будто знаю, что буду жить вечно».

Потом она посмотрела на меня, едва дотянувшись, положила мне, как когда-то, сухонькую, покрытую с тыльной стороны старческими родимыми пятнами, ладошку на плечо – что было уже совсем нелегко при ее маленьком росте – и добавила, улыбнувшись: «...Хотя, вообще-то, я готова умереть в любую минуту». И, повернувшись,

в старое солдатское обмундирование – гимнастерки, хлоп-
чатобумажные галифе и подобную им рвань.

Считается (и впоследствии подтверждается полная спра-
ведливость этого суждения), что в армейских каптерках, куда
вся гражданская одежда будет сложена по меньшей мере на
три года, мало что за время службы сохранится. А раз так –
чего рядиться-то? Все навеселе – кто-то еще не отрезвев от
проводов, кто-то захмелился уже поутру. Пить продолжают
и здесь – пока втихую, потому что вокруг снуют старшины
и сержанты-сверхсрочники, должные сопровождать наш
состав. И позже, в теплушках, – там пьют уже в открытую.
В ход идет всё: у меня и сейчас на губах жив вкус тройного
одеколона от путешествовавшей из рук в руки алюминиевой
кружки, в которую и мне кто-то плеснул теплой водки.

Здесь начиналась другая жизнь – но сегодня не о ней
мой рассказ.

Совсем не о ней.

Вернемся же в нашу квартиру – дней на десять назад. Уже
известна дата сбора, мы с родителями наносим прощальные
визиты родным, чьи семьи разбросаны по разным, немало
отдаленным друг от друга, концам Москвы. И потом, один
уже, я объезжаю приятелей. Или – они приезжают ко мне. С
соседями мы будем прощаться ближе ко дню моего отбытия.

Но вот Анна Семеновна останавливает меня в коридоре
и зовёт к себе в комнату. Она подводит меня к шкафу с
русскими книгами, копошится с минуту, пытаясь раздви-
нуть плотно прижатые друг к другу толстые их корешки,
и осторожно, потягивая то за один уголок, то за другой,
вытаскивает оттуда конверт. Отогнув клапан, она бережно
вынимает из конверта старую фотографию. Это фотопор-
трет. Необычный ракурс: камера снимала сбоку и немного
сзади, и кажется, что объект этой фотографии совсем рядом
и смотрит от нас куда-то вдаль, – так, что невольно хочется
проследить за его взглядом.

говорит о возможности своей смерти. «Анна Семеновна, ну как же... Три года не так много, мы с вами, конечно же, увидимся... А кто она – Аллочка, кому подарен портрет?» – «Аллочка – это я, – поджав губы, Анна Семеновна смотрит куда-то в сторону. – Так меня называли». Больше ничего она не сказала. Ничего. А я, балбес, и не пытался выудить из нее хоть какую-то подробность, пусть самую малую, определившую наставительный тон надписи, адресованной ей великим уже в те годы певцом.

Конечно же, не увиделись... Спустя два года, когда мне позволен был десятидневный отпуск, и когда, убегая от патрулей в подходящем к Москве ленинградском экспрессе (в столице шел первый молодежный фестиваль, и потому солдат-отпускников отлавливали в поездах и отправляли обратно в части) – так вот, когда я добрался до нашей квартиры, её в живых не было уже с полгода.

...Анна Семеновна, как всегда, была права.

Спустя почти двадцать лет я снова уезжал из Москвы, на этот раз навсегда. Позади были месяцы полной неопределенности – потому что формального отказа в выезде не было, но не было и разрешения. Подававшие одновременно со мной прошение на право покинуть страну, давно уже были в Израиле или в Италии – на пути в Америку, в Австралию, в Канаду. И кто-то уже был там... Мы же, я и сын, ждали. Тому полгода, как я нигде не работал.

Время от времени сын, продолжавший по инерции ходить в школу, подводил меня к стеклянной двери балкона: «Па, гляди, они опять здесь», – говорил он, кивая на прогуливавшегося по тротуару, невдалеке от нашего подъезда, человека. Неподалеку от него стояла «Волга», разумеется, черного цвета. Словом, слежка была демонстративная, совершенно открытая. Напугать, что ли, хотели? Так же демонстративно они оставляли после своих, как бы тайных, визитов в нашу квартиру сдвинутые с места стулья, вынутые для просмотра из шкафа книги.

– Ау, ребята, этот сумасшедший – я... Не знаю, откуда у нас, тогдашних эмигрантов, бралась отчаянная, безрассудная дурость – ведь известно было, что и с подножки самолета снимали кого-то, почти уже успевшего почувствовать себя за границей.

...Я пел, отбрасывая лопатой в сторону пушистый, не успевший слежаться в тяжелые пласты, свежий снег. Кто-то из шурующих рядом со мною посмеивался, кто-то шарахался в сторону, едва разобрав слова...

Наконец, все таможенные процедуры были (не без помощи дорогой ронсоновской зажигалки – да что за чепуха, это же просто сувенир, берите!) закончены – и ящики с книгами уходят с весов на тележку надежно «смазанного» грузчика: в его же ведении и деревянные ящики, от прочности которых зависит сохранность багажа. Незадолго до этого, взглянув на обложку журнальчика с фривольными фотографиями, затесавшегося среди отправляемых книг, молодой таможенник вскинул брови:

– Это еще что?

– А что такого, я же не привез в страну, я же увожу, – наивно ответствовал я.

– О, если бы привез – мы бы не так говорили! – быстро оглядевшись по сторонам, он незаметным движением смахнул журнал со стола куда-то вниз, следом за зажигалкой. – Конфисковано! – сообщил он мне, ухмыльнувшись, после чего дело, кажется, пошло быстрее.

Но оставались еще фотографии...

У меня, любителя фотодела с мальчишеских лет, скопились многие сотни отпечатков, и, не знаю уж почему, в ящики с книгами их положить не позволили. Отобрав те, что составляли для меня самую дорогую память, я вынул их из альбомов и заложил в толстые конверты.

А как быть с портретом Шаляпина? О его существовании знали сотрудники Бахрушинского музея и всяческими

Потом я, конечно, нахожу его и, не вынимая из конверта, перекладываю в новое, как мне кажется, более памятное место...

Иногда же я достаю из конверта фотографию, рассматриваю её – и наступает момент, когда за чертами Шаляпина, как бы из небытия, проступает передо мною тёмное пространство огромного коридора, из глубины которого медленно, слегка ссутулившись, идет мне навстречу маленькая женщина. На её плечи наброшен широкий, окутывающий всю её фигурку, платок, волосы гладко, на пробор, расчесаны, выпуклые глаза внимательно смотрят на меня. Она улыбается и, кажется, готовится что-то сказать. Я хочу, я очень хочу узнать – что она говорит мне? Но вот видение исчезает. Подержав какое-то время портрет, я прячу его в конверт и убираю – до другого раза.

Узнаю ли я когда-нибудь – что не успела сказать мне Анна Семеновна?

Проф. *Станислав Фурта*
Союз писателей Москвы

ВВЕДЕНИЕ В ТЕМУ

«Сны Однопозова» Александра Половца – собрание разрозненных по сюжетной композиции, но единых по высшему, философскому замыслу великолепно выписанных коротких новелл. Однопозов, чудаковатый прозаик, черпающий истории своих героев из параллельного мира, располагающегося… за перилами балкона писательского дома. Дуальность мироздания, неподчинённость мира идеального миру материальному, и наоборот, – лейтмотив всего цикла.

Кадры фотоплёнки, где был запечатлён странный человек, оставивший автору не менее странную рукопись, оказываются пустыми, будто человек этот существовал в ином измерении, нежели его рукопись (рассказ «Гонконг»). Старинный брегет, купленный героем в антикварной лавке, показывает каждый день одно и то же число (рассказ «Брегет»). Как и в знаменитом фильме «День сурка», герой начинает понимать, что переживает один и тот же день снова и снова, только вот события претерпевают непонятный герою угрожающий дрейф, будто ОТТУДА ему посылается предупреждение. Предупреждение услышано не было. Герой погибает.

Неудачник Сонин, герой рассказа «Переход», в снах своих превращается в блистательного Санина, а его жена Лора – в Лару. Однажды Сонин не просыпается, а Санин и Лара продолжают жить в параллельном мире. Эту дуальность «Снов Однопозова» тоже можно трактовать, как «мы» и «они», но теперь это категория уже философская. Дуальность – это снова необязательность развития человеческой судьбы по единому сценарию.

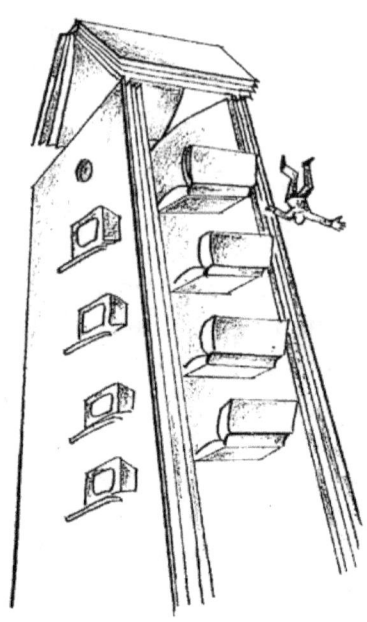

БАЛКОН

Из папки Однопозова тема первая,
она же – вступление ко всем последующим

Однопозов обладал литературным даром – отрицать наличие которого не решались даже и редакторы, возвращавшие приносимые им рукописи.

Это были рассказы – не длинные, но плоды многих часов, проводимых Однопозовым со стареньким "макинтошем". Наверное, ему чаще хотелось завалиться на обитый потертым по краям, давно не модным и неопределенного цвета плюшем, диван, пристроиться на нем – с того конца, что ближе к лампе, протянуть руку, и, не глядя, взять с дощечки-столика, приделанного к стойке лампы, книгу – ту, что сверху, неважно какую: все они не были прочитаны и покоились здесь месяцами.

экземпляр, еще пахнувший типографией, – он заранее, еще не раскрыв журнал, почти знал, что останется от его текста, а что из текста вымарано задолго до набора.

Рассказы его, и правда, наверное, можно назвать странными, и было бы это справедливо: они совершенно не были похожи на те, чаще всего заполнявшие страницы журналов, как-то выживших в эти годы, за счет читательской традиции, но чаще – за счет помощи состоятельных благодетелей – спонсоров, выражаясь современно.

Герои его рассказов – неприметные и ничем не выдающиеся человеки, но именно с ними почему-то происходило нечто необычное, необъяснимое – что и описать-то непросто и не каждому по силам. А Однопозову – было по силам. Удивительные ситуации, в которых оказывались его герои, разрешались как-то сами собой и незаметно, хотя и не обязательно благополучно...

Впрочем, эта незаметность отчасти была свойственна и самому автору, что почти каждый раз, по завершении последней страницы, побуждало его задумываться – да кому все это надо! И вообще... Но существовала некая сила – ее не могли побороть ставшие ему привычными лень, и даже безразличие к судьбе всего, что у него написалось уже или напишется позже, и все это образовывало состояние, которое можно назвать вялостью мысли. А эта сила – она подталкивала Однопозова к столику со стареньким компьютером, списанным в редакции журнальчика, закрывшегося сразу же после выпуска первых номеров, – за невостребованностью. Вскоре и редактора его не стало: говорили – нелепый случай... Так «макинтош», и тогда уже не новый, заменил ему пишущую машинку.

Если бы потом Однопозова спросили, как рождаются сюжеты рассказов, все чаще остающихся рукописями, – он бы не смог ответить. А скорее – не захотел бы. Но никто его об этом никогда не спрашивал... Да и кому бы спрашивать,

представлялся ему как нечто материальное, был ему не понятен и даже его отпугивал.

Однако, ожидание, запрятанное в глубинах сознания, сохранялось, в чем он и себе-то стеснялся признаться. Ну, к примеру, – что вот, будут ему звонить из знакомых редакций: "Давненько вы к нам не заглядывали, ничего не показывали, не оставляли!" – скажет звонящий. Пусть не сегодня, пусть не завтра, но позвонят...

Сделало же его однажды подобное состояние частичкой некоей институции, объединившей литераторов, правда, уже давно не дающей им никаких специальных привилегий и льгот – это все оставалось в прошлой жизни. От того времени, от той, ощущавшейся Однопозовым, былой собственной значимости, и даже особой предназначенности своей жизни, теперь только и оставалась ностальгическая привычка, побуждающая его не оставлять писательского занятия. Вот и "макинтош" теперь появился...

И ведь досталась все же тогда Однопозову эта неказистая квартира – хотя, может, потому именно ему она и досталась – соответственная месту, занимаемому им в так называемом литературном процессе, но и недостаточности требуемой в таком деле личной напористости. Дом (тогда новостройка) был заселен коллегами Однопозова по литературному промыслу. Их-то как раз к нынешним дням оставалось здесь совсем немного – квартиры разошлись по новым жильцам, большей частью неизвестным и непонятным Однопозову людям.

Зато и теперь – здесь можно выйти на балкон, обладавший особым достоинством, о чем знал только он, Однопозов, и о котором он никому не рассказывал – даже и той, и даже тогда, когда у него с ней почти случилось, не завершившись ничем, как и вообще многое в жизни Однопозова. Почему не рассказывал? Так, иногда, как бы между прочим, не показывая, перебирал при ней скопившиеся в папке с тесемками листки. Чего-то все опасался...

только занести ногу за перильца... Однопозов знал: потом надо пройти несколько шагов, а там...

Там всё, что требовалось Однопозову, чтобы понимать, что он здесь не случайно и что сам он замыслен как свидетель этого замечательного состояния мира, что он тот, кому следовало увидеть, понять, записать происходящее. Он стоял здесь, не замечая времени, и, вернувшись к столу, сразу, боясь упустить самое важное из только что пережитого, садился писать. Так листки и собирались в папке с тесемками, а потом и в ней уже престали помещаться.

Вернувшись к столу, он прислушивался, как постукивает под его пальцами панелька с клавишами-буковками. Компьютер светился экранчиком, Однопозов всматривался в него, и потом, как со стороны, вдруг видел себя у кромки непрозрачной и неживой воды – она начиналась прямо у его ног. Однопозов, кажется, был здесь много раз и догадывался, что, наверное, вода здесь не была глубокой: местами видны были тянущиеся к ее поверхности, от самого берега, нити водорослей. Однопозов присаживался, он обнимал руками колени, замирал, ничего не замечая перед собой...

А потом, подняв голову, Однопозов смотрел, как, закатав юбку, открыв ноги, не знавшие загара, она, осторожно ступая по близкому дну, садилась рядом, пристраивала на коленях принесенную книгу. У книги был твердый и, наверное, благородно-шершавый наощупь матерчатый переплет, где верхней строкой поблескивало фольгой имя, он знал, что это его имя. А ниже – крупно, от корешка до обреза – еще строка.

Однопозов силился прочесть эту строку и не успевал, потому что она почти сразу перекладывала книгу лицом обложки вниз. И они снова молчали. Молчали долго. О чем? Она – кто знает о чем?.. Он – о том, что вот хорошо бы в следующий раз успеть прочесть слова, оттиснутые на переплете, может быть, даже раскрыть, полистать страницу за страницей книгу. Хотя – зачем? Он теперь и так знал

невыносимо прогревавшейся, жестяной крышей.

Вот, наконец, балкон, здесь сегодня легко, совсем легко дышится, вот впереди, совсем близко просвет между соседними строениями. До него – всего один шаг.

Однопозов шагнул вперед...

В писательском доме было четырнадцать этажей.

Автору, записавшему сны Однопозова, первому досталось развязать тесемки старой картонной папки – папка оказалась пуста...

Есть многое на свете...

ясь с небом. Багровый круг солнца поделен этой границей и теперь видна его меньшая часть. А сейчас он вообще утонет.

Хорошо, что ты снова в городе...

Стулья на нашей половине террасы едва умещаются – и все же, удобнее здесь. Ты молчишь, сцепив руки на затылке, откинулся назад, насколько позволяет парусина спинки легкого складного креслица. Я смотрю в сторону закатного солнца – оно уже совсем неяркое, можно не прищуриваться..

– Да не выдумываю я!..

Оборачиваюсь на твой голос. Отмалчиваюсь. Враль ты со стажем, профессионал, можно сказать, – пишешь занятно. Только верю я твоим историям через раз. Что сегодня?

– Знаю, скажешь – все выдумал. Да я и сам...

Молчим.

...

Вот, записываю, пока не подвела память. Теперь почему-то знаю – да, правда. Ну, знаю я – и все... Приглашаю и вас поверить – хотя бы точности пересказа.

А, в общем, – как угодно.

Да, так о чем ты...

...

Итак... Гонконг, остаемся здесь на ночь – пролетом в Пекин. Мы – это группа путешествующих американцев – газетчик я один – все мы из разных штатов. Поездка где-то одобрена, поддержана и здесь, и там: «культурные связи» благословил редактор. В Китае нас принимают, как знатных гостей, хотя, какие – «знатные»! Богатенькие – да, в группе есть.

А пока – Гонконг: аэропорт, отель – и в город, в город!.

Дальше – переписываю твой рассказ набело.

«Холодный сэндвич в самолете перед посадкой – это все за сегодня. Стоп, витрина, в ней – плакат-меню с выцвет-

здесь на уровне вторых-третьих этажей соединены пешеходными галереями.

Тарелка пустеет быстро, быстрее, чем хотелось бы – если бы не спешка!..

«Read!» – поднимаешь голову: видишь протянутые через стол листки. Рука, чуть подрагивая, висит над столом. Почти машинально принимаешь их. Он же... Он тобой больше не интересуется и, кажется, безразличен к судьбе переданного, смотрит в сторону. «Да ладно, – говоришь ты себе, – опущу в первую же урну... Мало ли бумажного мусора приходит в почтовые ящики, не хватало в дороге этого добра... Почти не глядя, перебираешь страницы, все они вырваны из блокнота, или из тетради. Разная бумага, разные ручки, карандаш – листки, плотно заполнены неровными строчками. Хочешь – прочти! Между ними, вдруг, – аккуратные машинописные страницы. Эти на немецком, которого ты не знаешь, но угадываешь по артиклям, по буквосочетаниям, тебя пытались ему научить. Чего никогда не произошло – по мальчишеской занятости – есть же в жизни более интересные вещи. А тут: «Dertisch... Guttenmorgen...»

0Верхний листок в пачке – русский текст, от руки. Вот оно что. Ну-ну... Пролистав стопу веером, находишь еще один такой, всего их два. Это – все? Остальное – на стол, можно подобрать на обратном пути, не торопясь. Если уборщик не выбросит. Хотя вряд ли – к гостям здесь внимательны, положат на заметном месте у выхода. Свернув, прячешь отобранные в боковой карман, оба – рукописные. Поднимаешь глаза. Только что он стоял напротив. Ушел? Осматриваешься: у стойки кассира его нет. Да и пусть...

Торопишься... Нагнать его – зачем? Он так ушел – чтобы незаметно.

Кассы вот-вот закроются. Перемахнув через пролеты лестницы, ведущей к переходу, почти бежишь по, как тебе

Существо, заметив нацеленный на него объектив, кричит что-то, машет своими конечностями. Все же, зря, понимешь ты сразу, не таясь, снял его – человека, возможно, понимающего свое уродство.

Ты опускаешь камеру, лезешь в карман и, не глядя, бросаешь на тряпку кучу монет, среди которых были, кажется, и не мелкого достоинства. Проходишь мимо, оно сгребает с мешковины монеты и горстью запускает их в тебя, кричит, наверное, – угрозы. Монеты, звеня, рассыпаются по бетону. Торопишься пройти, почему-то продолжая двигаться в неверном направлении, в чем ты уже убедился.

А ведь правда, напрасно – Бог с ним. Мало ли успел ты наснимать в этом потрясающем городе...

Но, глаза... глаза! И – близко посаженный к верхней губе, широкий, несоразмерный остальным частям лица, нос, вспоминаешь того, невесть куда девшегося.

Померещилось, с облегчением догадываешься: «Чепуха все это! Померещилось...» В кассу успеваешь – только-только.

Возвращаясь, стараешься не смотреть в сторону, где должно оставаться чудовище – времени уже в обрез, по пути заглядываешь в харчевню, конечно, там листков нет, за вашим столиком едят другие. Уборщик ничего не знает и ничего не выбрасывал.

★ ★ ★

Дальше – цитирую тебя почти дословно:
– Вернувшись, отношу две катушки в проявку – в срочную, одночасовую, в ущерб качеству. Редко доверяю им здесь. Можно бы сдать в нашу лабораторию, что и делаю наутро с оставшимися (отснял в поездке пленок с десяток, не меньше), но тороплюсь, еще не сломала разница во времени: по опыту, со мной это происходит точно на третий день повозвращению с другого континента. А пока забираю

последовательность кадров. Этих нет: вместо них – два пустых окошечка.

Возвращаюсь к началу пленки, просматриваю всё до самых последних кадров – ничего похожего. Вот уже континентальный Китай: Шанхай, неожиданной здесь совершенно европейской красоты – набережная. Вдоль нее здания, построенные когда-то приезжими архитекторами. Дальше – Пекин, дворец приемов, барахолка с бесконечными «шелковыми» рядами... Продавцы чуть ли не силой тащат к своим палаткам и столам. «Ципер! Ципер!!!» Потом мы догадываемся – это должно означать «Cheaper!» – «Дешевле!» То есть приглашение вступить в торговые переговоры... Знаменитая стена... «Город мертвых»... »

* * *

Отложив записки в сторону, вспоминаю.

Ты, приблизив к моим глазам, разматываешь рулончик пленки:

– Убедись сам!

Знаешь, – и я в фотографии не новичок. Заторопившись, уходишь – у тебя сегодня важное дело, и я завидую, потому что знаю причину твоей поспешности. Возвращаюсь на террасу. Вот и листки незнакомца – они остались здесь же, у деревянной ножки стула, прижатые к полу тяжелой стеклянной пепельницей: ты собирался показать мне и их. Рассеянность? На тебя не похоже.

Позже я подбираю листки, их два, читаю, с трудом разбирая русские каракули. Без абзацев, из того, что удается прочесть – текст ни к кому не обращен: оборванные фразы, недописанные слова. И я угадываю: здесь как бы конспект – только что рассказанного тобой. О каждом эпизоде – по несколько строчек: «...обед в забегаловке, сосед по столику... – чуть ниже – поразившая тебя встреча на переходе...». Другая страница: «Пекин... Шанхай... Пустые

От Однопозова:

– Сумею ли завершить этот рассказ, я и сейчас не знаю. Пока он записывался, я постоянно возвращался к первым абзацам, каждый раз находя в них что-то, требовавшее то существенной правки, а то и просто – быть оставленным за пределами содержания. Такое у меня происходит нечасто – может быть, даже никогда. И потом...

...Потом дважды останавливался принтер, утеряв связь с компьютером, в котором хранится текст рассказа. Мне пытались помочь знатоки в технике компьютерного письма, это они налаживали компьютер, заменивший мне пишущую машинку. Не сразу, но помогли, не найдя никакой неисправности: в их присутствии, казалось, принтер просто заработал сам.

Едва я успел заслать на него текст, безо всякой видимой причины, погас экран монитора.

Мастера мои и по сей час не знают причины сбоя системы. Будем разбираться, пообещали они. Так что, дописываю я эти фразы на обычной пишущей машинке, которая, вот сколько уже времени, сохраняется мной из сентиментальных соображений...

к ней, обитали семьи настоятелей; от последнего из них родилась женщина, ставшая впоследствии матерью Четыркина – она-то и унаследовала свое право оставаться здесь, уже в самой, приспособленной под жилье, убогой часовенке, после навечной ссылки архимандрита.

Чем же еще замечательно это место? Тем, например, что сочетался здесь царь Иван Грозный со своею четвертою, кажется, женой. Рассказывают, перед самым рождением Четыркина в районе прокладывали железные трубы водопровода и под полом, как раз там, где размещалось жилище Четыркиных, раскопали скелет в рыцарских доспехах. Приехали люди в галстуках, разглядывали истлевший гроб, а потом увезли его в крытом грузовике – освободив место для появления здесь нового человека.

И Четыркин, будто зная ограниченность отведеного ему пространства, рос щуплым и тихим, руками при ходьбе совсем не размахивал, а напротив, с детства приучился держать их прижатыми к туловищу. Когда же настала пора зарабатывать на жизнь, должность ему определилась самая незначительная – да и та по случайной протекции.

Потом появилась Катюшка.

Сухонькая и полуседая к своим неполным тридцати, с лицом, будто занятым у старой, писаной не очень умелым иноком иконы, неслышной тенью ступала жена где-то по самой кромке жизни Четыркина. Хотя, если задуматься, – кто у него был ближе? Родивших Четыркина не стало в тот самый год, когда он привел Катюшку сюда, в келью, под сводчатыми потолками которой, забирая большую часть площади, называемой жилой, едва умещалась удивительная для такого места кровать. Была она тяжела и просторна, изогнутые лапы, державшие ее на весу, упирались в дощатый пол зажатыми меж когтей бронзовыми шарами.

По углам кровати круглощекие резные ангелы печально глядели перед собой пустыми глазницами, придерживая

основу нехитрой трапезы Четыркиных – их место на прилавках заняли, смерзшиеся в ледяные комья, рыбы диковинных названий. Старенький приёмник, светя круглой панелью, передавал по утрам сводки погоды и веселые марши. И Четыркин, краем уха ловя привычно повторявшиеся слова, почти не сомневался, что сейчас их слышат и во всех городах, названия которых лесенками разбегались по светящейся стекляшке от немецкого слова «Телефункен»

На полотнищах-портретах, растянутых деревянными рейками, – они после демонстрации составлялись и сваливались рядом в переулке, чтобы быть отсюда увезенными до следующего объявленного людям праздника, – менялись лица.

Только в жизни Четыркина ничего не менялось.

По утрам, плеснув в глаза водой, просыпался окончательно и съедал заготовленную с вечера Катюшей яичницу, с запеченными внутри нее кружками вареной колбасы, – сама Катюша уходила много раьше. Зато ужинали они вместе, а в конце недели на столе появлялась непочатая бутылка, которой могло хватить на весь выходной – если вдруг не случалось гостя.

Сейчас, оглядывая прошедшую жизнь Четыркина, главным в ней событием, скорее всего, следует признать – единственный на всю страну по огромности суммы – лотерейный выигрыш. Достанься такой кому еще – вот бы развернулось все вокруг, засияло, заискрилось видным отовсюду фейерверком, вовлекая в удивительный серпантин происходящего и даже опутывая им людей, вроде бы, совсем непричастных к судьбе счастливых сограждан!

Но Четыркин... Хотя деньги, которые ему надлежало выиграть, были и впрямь велики, – спросим себя: могли бы они коренным образом изменить течение жизни Четыркина, направить его в новое, неведомое доселе русло? Например, получив их, перестал бы он ходить на службу? Правда, и идти-то до нее было всего-ничего – пару улиц, в серый,

мен, про других женщин, живших с ним рядом людей… Про все.

Про себя или про ту же Катюшку – об этом Четыркин как-то не думал. Ни в этот день, ни после.

Потом пришло время, когда Четыркина не стало. И опять не заметили люди – теперь, как он умер. И только, когда нанятые Катюшкиной родней подпитые мужики, сипло переругиваясь, проталкивали из полуподвала через узкий кирпичный выход ящик, содержащий в себе то, что еще день назад было Четыркиным, поняли люди – нету его больше. Подумав, перекрестились и сказали только – Бог с ним… А кто-то и ничего не сказал.

Может, как раз от того, что и Четыркин их не очень замечал, пока жил. Это теперь, сверху, он жалел их всех, как никогда при жизни не жалел – ни Катюшу, ни себя. Потому что теперь знал он такое, чего до поры им не следовало знать, и, пока оставался своей незримой сущностью с ними рядом, все хотел он что-то крикнуть им, о чем-то предупредить: мол, как же так, люди, погодите, неправильно все это, неправильно!..

Эх, жисть.

и укладывали прямо на траву обрезки фанеры и на них – свои картинки.

Мужички – в прошлом, наверное, мастеровые – а сейчас никчемные людишки с испитыми физиономиями – старались продать свой, ставший ненужным, инструмент. Сиплыми голосами они зазывали случайного покупателя: поржавевшие при долгом бездействии молотки, отвертки, пассатижи, обрезки водопроводных труб, гнутые гвозди, болты и шайбы в картонных, оставшихся от давно сношенной обуви, коробках. При удаче, мужички сворачивали тряпицы с оставшимся добром, объединялись по интересам в небольшие компании, по два-три рта, торопились – кто к пивному ларьку, кто к ближнему магазину с винным отделом.

Предлагалась и прочая мелочь. А еще опрятные бабульки держали перед собой шерстяные носки-варежки, вязанные специально к торговому дню... Эти, стесняясь, объясняли покупателю – что не для себя, песику на лакомство, что бывало и правда, но не всегда.

Попадался и благородный, можно сказать, товар: альбомы с марками причудливой треугольной формы, прозрачные мешочки-конверты с просматриваемыми в них монетами – случалось, действительно старинными, петровской чеканки, алтынами, и другие – с профилями королей-императоров, чьих империй и королевств давным-давно нет на географических картах, и названия которых найдешь разве что в исторических энциклопедиях. И отдавалось-то все задешево, как было не заглянуть сюда. Даже и просто из любопытства.

Хотя не совсем: с одной стороны, получался интересный день – на людях; но какие-то безделицы Шумский все же приобретал – то старую трубку с остатками перламутровой инкрустации принес домой, хотя сам он отродясь не курил. Так – показалась она ему, вот и все... Или – подсвечник причудливой формы, и он нашел место на полке среди похожей

Жаль, рассуждал по этому поводу Шумский: во-первых, вдруг образовался свободный день, который ему, жившему одиноко и, вообще, без друзей, решительно нечем было занять, а привычка сохранилась... Книги, хранившиеся дома, – их оставила ушедшая от Шумского женщина, жена-не жена, так, прожили вместе, – все прочитаны, газет же он не выписывал, хватало телевизора. Случалось, сосед по этажу, тоже, кажется, бобыль, заглянет одолжиться солью или вернуть прихваченную до получки трешку... Приятелей – таких, чтобы принять дома, у Шумского давно не было, компания распалась с уходом отсюда жены.

Барахолке же он нашел вскоре замену: много товара с блошиного рынка перекочевало на прилавки, и даже под прилавки, антикварных магазинов, которые появились теперь во многих кварталах города. Шумский облюбовал один из них, тот, что нашелся в окраинном районе города, не в центре. Вещицы там, и правда, оказывались иногда занятные – и по цене доступные.

В один из таких пустых дней Шумский заглянул сюда – и не напрасно: его внимание привлек предмет, помещенный под стекло прилавка среди старых колец, брошей и прочей бижутерии. Карманные часы, их корпус был выполнен из желтого металла – бронза-не бронза, кто знает – не золото же, лежали потемневшим циферблатом кверху. Лежали как-то боком: плоско им не давали лечь раскрытые крышки – передняя и задняя. Шумскому они напомнили те, что видел он на рынке.

Уж не старик ли занес их сюда – его Шумский почему-то запомнил. Повертев в руках часы, Шумский предположил, что они не очень старые и уж, во всяком случае, точно не старинные. А то, что цифры на циферблате римские, так ведь и сейчас такие делают, следящие за модой это ценят. И еще – окошечки с числом месяца и днем недели, обозначенным тремя первыми буквами...

Как они сюда попали – вдовствующая ли тетка, обнаружив часы в дальнем ящике комода, занесла, ну, и заработала

Вернувшись со службы, прежде всего, Шумский приложил часы к уху – тикают. Почему-то весь день ему не терпелось услышать это тиканье. А, взглянув на циферблат, – огорчился: время часы указывали точно то, что он поставил вчера днем в магазине, перед тем как платить за них. И в окошечках сохранялось вчерашнее – «28» и «вос». Досадно... Ведь сегодня к утру часовая и минутная стрелки совершили ровно ту часть оборота, которая соответствовала прошедшему за ночь времени, окошечки показывали «29» и «пон», что с удовлетворением отметил Шумский, уложив брегет на той же полке. А сейчас они указывали точное время покупки – его Шумский заметил и запомнил, пока продавец выписывал квитанцию, пристроившись на прилавке рядом с кассовым аппаратом, что содержался здесь, скорее, для проформы. Мало ли что... День же «вос» и дата «28» были вчера проставлены самим продавцом.

В магазин вернуть их сегодня – поздно. Значит, завтра... А отдавать все равно жаль. Тем более, что механизм исправно выдавал недолгую, насколько хватало завода, мелодию: «там.. там... там-там... та-м-м-м...». Но показать, не возвращая, просто показать в магазине все же стоило, рассудил Шумский: может, продавец подскажет неизвестный Шумскому секрет давно, наверное, почившей в бозе фирмы "Мозер" – тогда часы пойдут исправно.

Держать при себе их Шумский все равно не станет – днем достаточно и наручных. А так, взглянуть на них, чтобы не пропустить время начала передачи новостей, и потом, совсем перед сном, крутануть завод музыкального механизма, дождаться последней ноты, звучащей гораздо дольше, чем все предыдущие – и до утра. «Та-м-м-м...».

* * *

Отправляясь на работу, Шумский аккуратно поместил брегет в пластиковый мешочек и опустил во внутренний

– Брегет... вот... вчера... квитанция... чек... Господи, а где же они – да и были ли они? Были, конечно, были, – Шумский живо представил вчерашний звон кассового аппарата, стоявшего на том же самом месте.

– Брегетом интересуетесь? – ожил продавец. – Знаете, есть у нас один... Он приподнял крышку прилавка и, почти не глядя, раздвинул броши, кольца, достал часы, придерживая их за витую цепочку перед глазами Шумского.

– Хотите купить? Недорого совсем.

– Я их уже купил. Вчера, – только и смог выдавить из себя Шумский.

– Что? – казалось, продавец действительно не понимал, что хочет от него этот человек. – Где купили?..

– Да здесь же, у вас... Вчера...

– Мужчина, я вас первый раз вижу! – продавец явно терял терпение.

* * *

Теперь уже Шумскому начинало казаться, что все происходящее с ним – отвратительный своей странностью сон. Такие к Шумскому не часто, но приходили, он их боялся и ненавидел. Но вот – брегет, который Шумский вчера рассматривал дома и который он утром, обнаружив в нем неисправность, взял с собой. А теперь брегет снова перед ним, но еще, как бы, не купленный... Значит, следует заплатить за него сейчас.

Справившись о цене, она была та же, что была обозначена в исчезнувшей квитанции, Шумский почти машинально отсчитал потребное число купюр, вчера их у него оставалось ровно столько, помнил Шумский, чтобы пополнить холодильник всякой мелочью, и, расплатившись, только дома он обнаружил, что денег в бумажнике не стало меньше после нынешней покупки. Так...

Зато теперь уже Шумский точно знал, что в часах есть механизм, который при заводе сыграет мелодию, и даже,

нечто особо занимательное, даже необходимое ему. Однако, все же – домой. Проходя мимо старика с какой-то побря-кушкой на цепочке, Шумский, покосившись на него, прошел мимо, не заметив укоризненный взгляд старика, еще долго глядевшего ему вслед...

* * *

В воскресенье, 28-го числа, Шумский поднялся раньше обычного и теперь дремал в трамвае по пути в антикварную лавку, заменившую ему давно закрытую барахолку. Вагон остановился точно напротив вывески – «Антиквариат». Шумский занес ногу, чтобы ступить на землю. Сойти со ступенек он не успел. Но успел заметить у дверей лавки кивавшего ему старика, державшего за цепочку, в протя-нутой Шумскому руке, поблескивающий круглый предмет. Он даже, кажется, еще успел услышать знакомый, ставший необычно громким, заполнивший собой всю улицу и заглу-шивший собой все другие звуки, перезвон брегета. «Там... там... там-там... та-м-м-м...». И сразу – бешенный визг тор-мозов.

Грохота удара он уже не слышал.

памяти, – и это Сонину нравилось. Поначалу, только возвращаясь домой, отбыв положенные часы за чертежной доской, Сонин давал этому состоянию волю.

Потом же Сонин научился, не прерывая служебного занятия, отключать рецепторы восприятия окружающего – например, не слышать дребезжащего звонка телефона, доносящегося с соседнего стола, и только когда его окликали по имени, он отвечал на заданный ему вопрос, чаще невпопад, а то и просто отмалчивался, к чему со временем стали привыкать его сослуживцы. А были среди них славные, даже сокурсники, с кем он в студенческие годы – на байдарках, на попутках, а то и пешком исходил не одну сотню километров... Да и мало ли чего еще было в прошлом!

А теперь... Стоило задуматься, Сонин уже почти не замечал окружающего его, зато включалось воображение. Возникали, поначалу зыбкие и не вполне ясные, картины. Постепенно они становились объемными, яркими, реальными настолько, что могли вызвать испуг, бывали и такие. И вызывали. Например, они оставляли Сонина в полной уверенности, что вот, он потерял сразу все свои документы.

Казалось, что в них, в этих листках, в картонках с лиловыми печатями, закрывающими часть квадратика фотографии, но именно они, прежде всего, связывали Сонина с миром, как бы подтверждая его присутствие здесь. И, стало быть, их сохранность так важна! Хотя, как? – Да ровно настолько, понимал Сонин, насколько необходимо, собственно, его участие во всем, из чего складывалась жизнь. Необходимо? – в этом же он теперь начинал сомневаться...

А что еще? Жена, телевизор, работа... Именно в такой последовательности. Со временем же значимость этих составных, его связи с ними, и, вообще, с реалиями всего, окружающего Сонина, стали казаться ему несущественными. Ну вот, например: когда жены подолгу не бывало дома, он не сразу замечал ее отсутствие... Гаснет экран телевизора, и подолгу не приходит мастер – пусть... Зато высвобождалось

там где под пустым чайником горит газ. Жена, скорее всего, вернется ближе к ночи – у нее всегда находились причины прийти домой не рано, и в выходные тоже. Дочери? Они давно разъехались по другим городам и живут своими семьями, изредка навещая, а чаще – обходясь телефонным разговором. Приятели – кто где, да и чем они помогут?

Сонин, с ощущением полной безнадежности, возвращался к своей двери, постояв там с минуту, не зная, что предпринять, и, машинально опустив в карман руку, он вдруг нащупывал холодящие ладонь колечко со связкой ключей – они за прошедшие минуты не успели согреться в кармане Сонина. Ключей в связке почему-то было всегда несколько, они повторяли друг друга, а мест-то и было всего два, где они нужны – квартира, само собой, и, привилегия провинции – общий подвал, разделенный фанерными переборками, где жильцы двухэтажки из серого кирпича, сложенной в последние дни войны пленными немцами, хранили зимой заготовленные с осени, требующие прохлады, засолы овощей... Ну, и коробки с пришедшей в негодность обувью и одеждой (так, на всякий случай), а у кого был – и кой-какой слесарный инструмент.

А еще ему теперь постоянно казалось, что вот-вот он забудет сделать что-то очень важное, очень необходимое в жизни, и это ощущение могло продолжаться подолгу, пока, наконец, не приходило понимание, что никаких таких дел нет, и Сонин успокаивался. Правда, не надолго. Подходило время, Сонин засыпал, вот тогда его оставляло состояние смутной тревоги. Зато приходящие сны со временем становились живыми до такой степени что, просыпась ночью (а происходило это с ним часто), и, засыпая снова, Сонин уже не различал, где он – во сне, и где – наяву.

Один из снов был, например, такой: небо над ним вдруг начинало светиться яркими красками, будто это северное сияние, которого Сонин никогда не видел, но представлял себе его именно таким. Небо раскалывалось,

пруд, то ли озеро, достигая как-то сразу другого берега, которого не было видно отсюда, где его всегда встречали те, кто позади него только что оставался на суше. Вода иногда была совершенно прозрачная, но иногда она чернела бездной, пугающей своей непостижимостью... Сон этот повторялся часто.

И еще: Сонин жил в небольшом городке, где не только не было метро, но и трамваи ходили с перебоями – некого было особо и перевозить-то: люди по традиции устраивались на работу неподалеку от дома, так что пешком оказывалось быстрее, и, тем более, – на велосипеде. А там он управлял своим автомобилем, да и город этот был совсем не похож на его город – улицы его казались бесконечными, темные фасады домов простирались куда-то высоко-высоко, крыши их не были видны, а может, крыш и не было вовсе. Откуда это приходило, Сонин такое и в мыслях не держал, – какой автомобиль?

Да и работа там оказывалась не в пример той, чем был занят на службе Сонин. Какая? Неважно какая, но там значимость работы делала его неизмеримо выше всех, его окружавших: например, там вдруг он мог оказаться правителем – его же, Санина, страны – недобрая память о котором долго сохранялась в людях. Но он знал, что сам он, Санин – не причинил никому зла и не причинит. При этом, окружавшие его люди в мундирах с большими звездами на погонах, были угодливы, почтительны с ним. И ему была понятна цена такого внимания – Сонин когда-то отслужил обязательный армейский срок.

Надо же – вот ведь, какая чепуха могла пригрезиться Сонину!

* * *

...За последние годы Сонин постепенно растерял друзей, компания распадалась, и получалось это нечаянно. То есть,

вая неотвратимость её прихода, прихватывал в кровать недосмотренную днем газету, и тогда Лора отодвигалась к самому краю кровати, натянув одеяло на голову.

Ей Сонин никогда не рассказывал, что с ним происходит, когда он засыпает, – и вообще никому не рассказывал, да и зачем бы?..

Хоть и было Сонину засыпать жутковато, но все же – там его ждали удивительные летающие устройства, вот и получалось – там, именно там оказывалось все настоящее, и его значимость там изначально была неоспорима и его присутствие всегда ожидалось. Теперь Сонин, даже пребывая во сне, мог ощущать себя там, но одновременно и бодрствующим, и не было в этом никакого противоречия, и думал он об этом, не удивляясь, а совершенно равнодушно. И тогда он не только не спешил проснуться, но даже противился осознанию необходимости этого лишь затем, чтобы производить ожидаемые от него, какие-то сейчас совершенно ненужные и необязательные действия.

И однажды Сонин не проснулся.

* * *

Потом его хоронили. Плакала Лора, приехали, наконец, дочери с семьями – всё же, по-своему, все они любили Сонина, а теперь им казалось, что вот, нет больше Сонина – и как им жить без него дальше.

А Санин тем временем – его руки свободно лежат на руле, и автомобиль катит сам знакомым маршрутом по улицам, меж домов, крыши которых не видны. Санин совершает поступки, которых там от него ожидают. Санин, подчиняясь требованию зала, по многу раз возвращается на сцену, держа за тонкую шею матово мерцающую старым лаком скрипку. Совсем молодые – такими он их не знал и не помнил, его отец, его мать, Лара, они вместе со всеми теми, чьи лица ему хорошо знакомы, но сейчас неразличимы, только было

напра..ение движения ▶

ФЕНОМЕН

Злодейство первое – в жанре фарс-мажор

Чудны дела твои…

ПРОЛОГ

В достоверность истории, которую я готовлюсь рассказать, легче не поверить, чем поверить, так что читатель современный и образованный скажет непременно: «Господь с вами, да не может быть такого!» и, пожалуй, будет прав. Зато другой, ищущий смысла даже и в самом невероятном, чему мы становимся свидетелями – отметит в этом сюжете нечто рациональное...

фантазии, подогретой парами алкоголя, а так, мы понемногу пили любимое нами обоими легкое столовое вино. Хотя, причины у нас были и к тому, чтобы позволить себе в тот вечер чего покрепче – наша встреча была прощальной: я готовился к отъезду из страны – навсегда.

Поплавок медленно кренился с борта на борт, и, в ритм его покачиванию, поднимался и опускался берег с чернеющим в сумеречном вечернем свете городским парком, и другой берег – с рядом многоэтажных домов, которые, казалось, плыли на фоне гаснувшего неба и подмаргивали зажигающимся в окнах светом.... И еще казалось, что шпиль высотного дома мрачным силуэтом был нацелен не только ввысь, но и на нас, и вообще, на все сущее в окрестностях, своим отражением, колеблющимся в ряби речной поверхности, делавшей его почти живым.

И пока приятель рассказывал, мне все больше чудилась некая связь этого сооружения с сюжетом услышанной истории.

ПРЕДПОЛОЖИТЕЛЬНО, НАЧАЛО БЫЛО ТАКИМ:

ЭТУ ЧАСТЬ ПРОИСШЕСТВИЯ УДАЛОСЬ ВОССТАНО-ВИТЬ ПО ДНЕВНИКОВЫМ ЗАПИСЯМ, СДЕЛАННЫМ В ПРОЦЕССЕ ИССЛЕДОВАНИЙ СО СЛОВ ЕЁ ГЕРОЕВ, И ХРАНИМЫМ В АРХИВЕ ОДНОГО УЧРЕЖДЕНИЯ ПО СЕЙ ДЕНЬ В ПАПКАХ С ГРИФОМ «ДЛЯ СЛУЖЕБНОГО ПОЛЬЗОВАНИЯ»

Итак... Совсем уже под утро Туся начала просыпаться, потерлась о жаркую подушку щекой с натекшей на нее за ночь слюной, хрустнула поясницей… и обомлела. Причина изумления ее была самая основательная: от начала замужества не позволяла она себе ничего такого, укрощая естество зрелой

предприятия эту ночь спал неспокойно, часто просыпаясь. То возникали перед ним совершенно невероятные анкеты принятых на работу – какие могли бы свидетельствовать о полной утрате им профессионального чутья, чего, конечно, быть не могло – биография не та... Или вдруг приснился себе Глазьев холостым – мура же, какую и во сне бы не видеть!

И перед самым утром вспомнил он очередь к пивному ларьку. Вчера, возвращаясь со службы, отстоял он в ней свое, вот она – вот она, его кружка! И оставалось ему бросить монеты на залитый пенными лужицами прилавок – руки стоявших впереди него граждан дрожали по причинам естественным, – как вдруг между ним и предметом его вожделения (уже сколько здесь отстояно!) втиснулась фиолетовая физиономия, беспорядочно поросшая кустиками седой и рыжей щетины. И к его, Семена, кружке протянулась заскорузлая пятерня с грязно-бурыми когтями.

Не был Семен смел от природы, от житейского опыта, а сейчас, чувствуя суровую поддержку напиравшей сзади очереди и видя углом глаза маячившего на недальнем перекрестке регулировщика в милицейской форме, поставил он свое рыхлое плечико между отвратительной харей и прилавком, отжал ее, неожиданно тоненько сказав при этом: «Гражданин, вы не стояли», и приготовился апеллировать, при необходимости, к окружавшим его гражданам, при всей разности судеб, вмиг ставшим его единомышленниками.

Ожиданию вопреки, конфликт не состоялся: физиономия отступила на полшага от очереди, как-то мутно хихикнула и отчетливо произнесла: «У, падла, чтоб у тебя на лбу хуй вырос!», и растворилась среди кружек, поднесенных к сосущим и чмокающим губам. Семен осмотрелся в поисках к себе сочувствия, обнаружив, что никто не проявлял больше интереса к положению, в котором он остался, взял свою кружку, но почему-то не было уже у него того острого желания, знакомого каждому, кто провел хотя бы и несколько минут на пыльной, источающей жаркие миазмы всеми

пластанный на полу под зеркалом, он стал понимать, что это не сон, что сон не может быть так реален и так чудовищен.

Теперь в голове его, странным образом, не оставалось ни одной мысли, а пришедшее спокойствие было благостным и казалось вечным. «Значит, так нужно... – обреченно подумал он, вяло отмахиваясь от пришедшей, наконец, в себя супруги, пытавшейся поднять его, усадить к столу. – Оставь... оставь...»

Он слушал ее сбивчивый шепот и не слышал.

На утро первым трезвым решением супругов было – прочно запереть дверь спальни, оставив за ней притихшего Глазьева, что и было немедленно сделано посредством двух внутренних замков, недавно заменивших собой обычный накидной крючок – почти постоянное присутствие в доме нанятой домработницы подсказывало такую необходимость – хоть и казался надежным упрятанный под кроватью тайничок с бирюльками, облигациями «золотого» заема и некоторым количеством денежных купюр.

– Есть, есть, – твердила она, листая блокнот в поисках записанного когда-то, на всякий случай, прямого номера телефона главного врача их районной клиники. Вот он, вот он случай... Вот и телефон: доктор Пронякин...

Часом позже, когда за окнами отгремели первые, полупустые, трамваи, смешивая звонки с общим гулом проснувшегося города, и когда за тонкой стеной зашевелилась и запричитала вполголоса, по утреннему своему обыкновению, старая татарка-домработница, супруги уже почти спокойно обсуждали обстоятельства, связанные с невероятным событием, поставившим перед ними вопросы, на которые, забегая вперед, скажем и сегодня вряд ли кто умеет ответить.

ветственно, своего хирурга нет, разве только по заранее сделанному вызову может приехать, и что «вам, больной, надлежит обратиться в городскую больницу», пациент стал настойчиво убеждать Гора, что ждать ему никак нельзя, что он вынужден будет жаловаться... И потом гость заговорил совсем уже несвязно – что-то про пивной ларек и про домработницу, которой он не может теперь показаться на глаза...

И тогда, – Гор продолжал свой странный рассказ, – поняв, что самому от гостя вряд ли удастся избавиться, хотел он было звонить по внутреннему телефону вахтеру, который помог бы, но гость, видимо, прийдя в окончательное отчаяние, сорвал с головы повязку и беспрерывно заговорил, непрестанно повторяя: «Нате вам, нате вам!». И здесь Гор начинал нести такое, что Пронякин стал жалеть выжившего из ума молодого коллегу, а заодно и проклинать, в который раз, доставшееся самому ему место службы.

Однако, спустя минуту, глядя на приведенного к нему гостя, махнув рукой застывшему в дверях вахтеру – уходи же! – он только и мог, едва шевеля губами, шептать: «Феномен... феномен... феномен... Феноменально!»

– Что, что делать-то мне? – повторял Семен, умоляюще глядя на Главного.

«Вот, вот он мой звёздный час!» – промелькнуло первой отчетливой мыслью в голове Пронякина.

«Феномен» – следом за ним будем и мы впредь так называть это удивительное явление (чтобы не ставить в затруднительное положение при знакомстве с нашей невероятной историей читателей, в особенности, читательниц – не всех, не всех...), возникшее всего лишь за ночь и зафиксировавшее себя на самом видном месте организма Глазьева, только что приведенного к Главврачу районной клиники доктором Гором, моим добрым приятелем.

А так – феномен, он и есть феномен.

– Чего, чего? – не понял Семен. – Ну, часто. У нас на работе женщин почти нет вообще, вот...

– Да нет, голубчик, не в этом смысле, не в рабочем...

– Ну, собираемся иногда после работы, пивко... то-сё... – почти шопотом ответил Семен, виновато глядя в сторону двери, там за ней, под присмотром вахтера, оставалась Тася.

– Ну... а обнять... в кровати побыть с другим мужчиной?

До Семена начал доходить смысл вопроса, лицо его приняло багровый цвет, привстав и волоча за спиной стул, он придвинулся вплотную к Академику, сидевшему напротив, откинувшись в удобном кресле...

– Именно латентной! – упрямо повторил, ощутив вдруг своё превосходство – превосходство обыкновенного человека перед гостем в его нынешнем положении, Академик, но на всякий случай отошел в дальний угол кабинета, при этом ненамеренно потирая носовым платком свой лоб.

∗ ∗ ∗

Да, немало забот «феномен Глазьева» (так его в научных трудах решили пока называть, не находя объяснения удивительному явлению) принес многим и многим занятым людям. Единодушное поначалу мнение «ампутировать», исходившее от медиков-практиков, было в конце-концов признано поверхностным, а их подход к проблеме – ненаучным.

Лаборатория по исследованию «феномена Глазьева» была, действительно, создана, нанимаемые в нее сотрудники проходили строжайшую проверку, получая допуск к сверхсекретным исследованиям. И здесь уместно пояснить, что в результатах работы лаборатории заинтересованы – «Там!» Академик, назначенный сюда заведовать, давно уставший бояться начальства, поторапливал ведущих сотрудников (и

помимо прочего, зависела сохранность не только убеждений, но и самой памяти Глазьева – и то, и другое для ведения исследований было совершенно необходимо. Да и сам Семен решительно теперь ампутации не хотел, и даже боялся, а надеялся на всесилие современной науки, веру в которую он пока не терял.

На службу к Глазьеву слухи все же просочились, неясные, но будоражащие. И поскольку никто толком не знал ничего, то слухи приобретали уродливый характер, обрастая подробностями и вовсе невероятными. Даже кто-то стал требовать партийного разбирательства. Разбирательства чего? – этого там и сами не очень понимали, но смутьянов быстро одернули, рекомендуя, на всякий случай, усилить в коллективе антирелигиозную пропаганду.

В помощь Академику была создана специальная комиссия, члены которой углубились в изучение печатных источников, не брезгуя при этом сохранившимися преданиями, легендами и даже художественной прозой, в поисках описания подобного, происшедшего хоть бы и в отдаленном прошлом. В числе прочего были отвергнуты ссылки на единорогов, на циклопов, как и на ослиные уши древнекритского царя Мидаса, – вся эта чепуха из обзорных рефератов историков-членов комиссии вскоре вновь перекочевала в глубину тысячелетий, где ей и надлежало находиться.

* * *

Эксперимент – за экспериментом, опыт – за опытом и, наконец, появилась возможность доложить в инстанции, нетерпеливо ожидавшие результатов: выявились некие любопытные закономерности. Ну вот, например, такая: обычно находившийся в аморфном состоянии феномен, обнаружили его исследователи, единственно отчего приходил в возбужденное состояние, это когда по радио передавали важные правительственные сообщения, напри-

Ученым из дружественных стран сразу было заготовлено типовое письмо, в котором официально существование феномена не отвергалось, но и не подтверждалось. Послали, было, то же, так сказать, разъяснение и американцу – недавнему лауреату Нобелевской премии, на что вскоре получили ответ: в связи со странной, на его взгляд, позицией, занятой уважаемыми коллегами в стране данного происшествия, он вынужден впредь отказаться от чести состоять членом их Академии, хотя остается при совершеннейшем почтении и прочая, и прочая...

Дальше – больше: последовало приглашение (которого Глазьев, естественно, не видел и не знал о нем вообще) обладателю феномена принять участие собственной персоной в работе научного конгресса, проводимого в курортном местечке, затерявшемся на прибрежной территории экзотической нейтральной страны. И одновременно в заокеанской бульварной газетке появился фельетон, сопровождаемый фотомонтажом-портретом, чьим?.. – догадаться несложно, если понимать, что, взглянув на портрет, не дай Бог, при свидетелях, каждый из нас пришел бы в неописуемое волнение и патриотическое возмущение.

И тем более – Президент Академии наук... Когда референт, на цыпочках приблизившись к его столу, положил перед ним вынесенную под расписку из спецхрана газетку, раскрытую на странице с фотомонтажным портретом, Президент, негнущимся от волнения пальцем, стал набирать трехзначный номер на стоящем отдельно от других телефонном аппарате.

Ну, сколько можно держать ото всех в секрете такое происшествие? И просачивалось за пределы круга причастных и посвященных что-то неясное, неточное, но уже и в очередях, и в городском транспорте вслух об этом заговорили, еще и со смехом, появились анекдоты... В различных сферах общественной и научной жизни нагнетались страсти, потре-

Александр Половец

Семеном в тот же день, сначала в количестве двух бутылок, а потом – за ними последовала еще одна, и еще..

И вот, чудесное дело: когда, ближе к вечеру, Семен пристроился было на диване в надежде вздремнуть часок до ужина, он, машинально ощупывая мешочек, что стало для него привычкой, обнаружил: стал тот несколько великоват, чем и создает определенное неудобство, щекоча особо чувствительные места. Развязав на затылке тесемки и сняв мешочек-камуфляж, Семен, подойдя к зеркалу, стал внимательно рассматривать свое отражение.

«Не может быть!» – готово было сорваться с уст Семена: феномен несколько скукожился, уменьшившись в размерах, выглядел скромнее, нежели еще сегодня утром – пусть не намного, но все же! На другой день Семен, выполняя норму по пиву, – завтрашнюю и послезавтрашнюю – снимал время от времени мешочек, приглядывался к феномену, а ближе к ночи, добравшись до кровати, лег с самого края, не решаясь тревожить супругу.

И сон его был глух и темен, как деревенский погреб.

Дежурившему аспиранту ни в тот день, ни утром ничего сказано не было, а только просил Семен заказать ему еще пива в бутылках – того же сорта, ссылаясь на предстоящее воскресенье, когда это может оказаться затруднительным. Подошел понедельник – ставший для Семена явочным днем – ему надлежало быть в лаборатории, но машина за ним не пришла, явка его сегодня оказалась отменена: Академик испытывал затруднения со временем в связи с внезапной внеплановой проверкой деятельности его лаборатории.

– Где же, где же результаты? – спрашивали его уполномоченные задавать подобные вопросы члены комиссии. А на выходные дни впервые отозвали дежурного «аспиранта» и, казалось, о Семене все вдруг забыли. Так что, ровно в полдень, в этот понедельник Семен, потребивший за двое суток

спец-пиво, перепрофилировали на изготовление близкого по составу кваса для поставки в гарнизонные части, с тем, чтобы личный состав был в большей степени ориентирован на несение службы и меньше бы думал, или вообще бы не думал, ни о чем таком постороннем...

– А что стало с Глазьевым? – не удержался я от вопроса, прощаясь с приятелем.

– Что? Да ничего. Он перевелся на другую службу. Я случайно, – рассказывал мне Гор, – встретил на улице Наталью, супругу Глазьева, она поведала – при их обоюдном согласии, о происшедшем с Семеном они не говорят, повторения подобного с ним никак не ожидают, и только иногда, пожаловалась она, ночью будит ее Семен, крича дурным голосом: «Сволочи!.. Сволочи!..» Оба они знают, что при этом имеет в виду Семен, но дальнейшая судьба супругов, заверил меня Гор, не вызывает у него ни малейшего беспокойства.

Признаться, и у автора тоже. Ведь феномен, он потому и феномен, что случается в жизни чрезвычайно редко, и если кто об этом сожалеет, – пусть себя представит на месте Глазьева.

Гора же, повторяюсь, я с тех пор не видел, и не было случая взять с него честное слово, что все рассказанное им и действительно произошло. Ну, а нафантазировать можно что угодно...

Вот так-то, друзья.

призошло, что память о них в народном сознании давно стерлась. А у непосредственных свидетелей и участников тех событий отобраны подписки «о неразглашении», не утратившие свой силы и сегодня. И теперь немногие сведения о случившимся «феномене» сохраняются лишь в виде стенографических записей, сделанных на заседаниях ученых советов и совещаниях в кабинетах руководства некоторых государственных учреждений.

Эти записи упрятаны в сейфы архивов, так и остающихся закрытыми для широкой публики – мною же, услышанное тогда от доктора Гора, опубликовано много лет спустя – рассказ назывался «Феномен». И вот, сегодня вы узнаете, что совсем недавно обнаружился Гор здесь, в Соединенных Штатах – на что ни он, ни я тогда совершенно не расчитывали...

Каким образом Гор нашел мой адрес в электронной почте, я не знаю, но присланый текст был сопровожден несколькими строками приветствия и примечанием, уверяющим меня в том, что с героем рассказа он был знаком лично. Итак, привожу его рассказ, не поменяв в нем ни одной запятой, ни одного слова. Вот он...

* * *

Дюк отвечал по телефону сам, – разумеется, по-английски, но быстро, при необходимости, переходил на сносный русский, украинский и даже на польский. Не так уж странно, если учесть, что его отдаленные предки покинули в начале века захолустное местечко, затерянное где-то в Полесьи. Здесь же фамилия Бородюк оказалась совершенно непроизносимой для новых соотечественников, следовало избавиться от части её написания: небольшая манипуляция при оформлении бумаг в иммиграционном офисе приютившей их страны – и последующие поколения американских Бородюков все стали Дюки.

– откуда и начитанность Дюка. Иногда Дюка приглашали ассистировать китайцу – разместить пациента на специальном лежаке, смешать в нужной пропорции растительные настойки и мази, извлекая их из флаконов и банок с загадочными иероглифами на этикетках.

И, знаете, открывшему со временем свою практику, Дюку врачевание удавалось, оно становилось всё успешнее – расставались с ним больные, почти всегда довольные результатами. Теперь в его активе числились избавленные от гастритов, язв, грыжи, и даже был случай, рассказывал Дюк, когда он одним лишь мысленным усилием избавил новорожденного от косоглазия. Как это у него получалось – не спрашивайте, он и сам этого не понимал. Может, еще и от китайца незаметно и постепенно передалась ему способность влиять на болезнь, некое тайное умение? Так и складывалось, одно – к одному...

Словом, клиентов у него хватало, но все же настал момент, когда постаревший Дюк понял, что незаметно, почти вдруг, подступил тот самый час разделить отпущенное ему время с кем-то очень надежным. Конечно, вернее сказать – «надежной». «Только, как её найдешь, – размышлял Дюк, – чтобы было хорошо, спокойно, чтобы без ссор, без назойливых подруг, часами болтающих по телефону, а то и являющихся в гости при самых неподходящих моментах домашней жизни». В знакомых ему семьях такое было нередко, и даже, можно сказать, всегда. Этого Дюк совсем не хотел, отчасти потому и оставался один.

Конечно, он не был девственником, но его опыт интимной жизни, главным образом, ограничивался недолгой связью с сидевшей с ним рядом в школе девчонкой, взрослой не по годам, и проявившей первой необходимую инициативу. А продлить эту связь он не знал как, да и не стремился к тому, только обдумывая полученный опыт и не умея его применить... Ну, случались и потом знакомства – на одну, на две встречи – какие Дюк старался скорее забыть...

угол спальни, где перед самым сном листал каталог. И почти забыл о нем.

А однажды, когда Дюк случайно, почти машинально, поднял его с пола, задумался – и вдруг, совсем уже одиноко себя осознал. Ну, сколько, сколько еще! А что... И Дюк – решился. Он, стесняясь самого себя, заполнил вложенный в каталог бланк, и, приложив к нему чек на требуемую сумму, включающую торговый налог и стоимость почтовой пересылки, стал ждать.

* * *

За посылкой пришлось ехать на почту, в его почтовый ящик она вместиться не смогла, почтальон оставил извещение: «За бандеролью следует явиться в районное отделение». Плотно прикрыв за собой дверь, Дюк, отодрав оберточную бумагу, раскрыл коробку и принялся рассматривать покупку. «Элизабет», – прочел он этикетку. Да, правильно. Когда он пролистывал каталог, почему-то его взгляд остановился именно на этой модели – а был их не один десяток.

Куклы отличались друг от друга не только именами и не только цветом «кожи», и не только размерами, но и некоторыми подробностями устройства. В принципе же, все они, варьируясь, – от модели к модели – повторяли основные качества, отличающие женщину от мужчин. И, естественно, – цена их определялась степенью сложности изделия: каталог предлагал модели с моторчиками, с пневмоподкачкой, с подогревом, со сменными париками, с наборами белья, и еще черт знает с чем... Дюк выбрал эту – не из самых сложных, но все же...

Вот она... присыпанная тальком и пахнущая свежей резиной, – как новые хозяйственные перчатки, – вспомнил Дюк. Там же, уложенные отдельно в прозрачном пластиковом мешочке, виднелись ажурные трусики, такая же, алая, отороченная кружевом, ночная рубашка. Дюк обнаружил

кухне кипятильник, переставляла посуду... Дюк вспоминал приемы, подсмотренные у китайца-хиропрактора – как тот оживлял парализованную недавним инсультом руку больного, как возвращал пациенту утраченный с годами слух. И ему казалось, – умей и он так, могла бы Элизабет... что могла бы – этого он не знал. Но думал об этом непрерывно.

Теперь он, уходя, усаживал ее в кресло у письменного стола, а вернувшись, рассказывал ей о самых занятных случаях из сегодняшней практики. Только уходить из дома ему хотелось все меньше и меньше – он нередко оставался теперь, даже если были на тот день назначены часы для приема клиентов. И Дюк непрерывно думал, думал, не отводя глаз с Элизабет...

Почему-то, вернувшись однажды, он застал Элизабет не в кресле, куда, Дюк был уверен, она была им усажена перед самым его уходом, – теперь кукла была прислонена к двери, ведущей в ванную комнату. Дюк поморщился, сетуя на слабеющую память, и вернул Элизабет в кресло, чтобы потом, ближе к ночи, как всегда, перенести ее в кровать. Такое повторилось на следующий день, и на следующий... Дюк решил, что теперь он перед уходом не раз убедится, что Элизабет – остается в кресле.

А на неделе Дюк, вдруг, решил устроить себе выходной, освободиться от всего – так, чтобы в офисе делать было бы совершенно нечего. Сегодня он вообще не встанет – а проведет день в кровати рядом с Элизабет, будет до неё дотрагиваться, как будто она совсем такая, какой он хотел бы её знать живой – спокойная, понимающая его, как никто другой...

Весь день Дюк провел в полудреме и ему чудилось, что, вот, сбывается: Элизабет сама встала с кровати, вот она подошла к зеркалу, подкрашивает губы, подводит ресницы, проводит гребнем по распущенным, падающим на плечи, волосам...

Потом он заснул – глубоко и прочно.

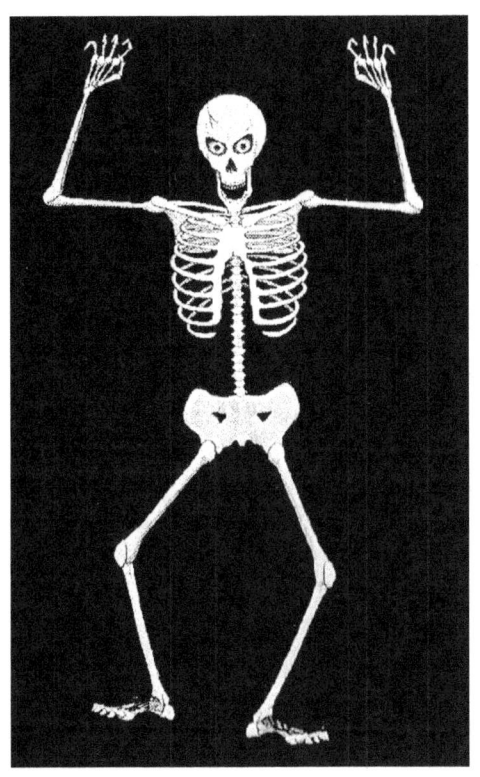

ЖУТКОЕ ДЕЛО

Злодейство третье: эту, действительно, жуткую, как со временем выяснилось, для всех её участников историю автор слышал от доктора Гора давно, очень давно, но вот не забывается она и поныне...

А главный ее герой, он что? – наверное, ничего существенного в его жизни больше и не произошло бы, подчеркнем, именно – в жизни, если бы не эта история. Был он человеком маленьким и для своего времени совсем незначительным, и вот – удивительный конец, подведший черту его земному существованию

Пригубив из граненного стакана, а потом и опрокинув в себя всю влагу, ее немногие остатки, он становился разговорчивым. Шмаков любил слушать соседа, давно изгнанного из милиции, где, известно, не одни трезвенники служат, но сосед Шмакова по способности «принять на грудь» превосходил самого начальника отделения. И ладно бы выпивал только на отдыхе, так ведь, бывало, не умея вовремя задержать дыхание, пропускал дежурство и был без шума из отряда отчислен.

И теперь, находясь на мизерной пенсии, сосед чинил в этом же доме сантехнику, когда требовалось, а до того сменил немало самых разных работ. Он, вообще, много повидал, даже и в медицинском институте работал, охраником подвального помещения – по его определению (чтобы Шмакову было понятно) – «где мертвые тела», то есть в морге.

Эту часть его биографии тошно было слушать Шмакову, потому что существовал в нем страх смерти и, отодвигаясь от стола с остатками закуски, закрывал он глаза и начинал представлять, как его, его самого, Шмакова, кладут на холодную цинковую поверхность стола, а он уже и не чувствет этого холода и, вообще, ничего не чувствует – и вот этого он понять не мог и боялся себе представить.

А еще боялся Шмаков ревизий, боялся, что посадят его однажды «за недостачу», хотя старался он быть в меру честным, да и с чего там было разжиться: гвозди, отвертки, молотки, машинное масло (машинное!) – а ведь другие разживались, и поэтому все представители его профессии, все заведующие складами, независимо от профиля хозяйства, находились у власти под подозрением.

И однажды – обрушилось…

Какое может быть состояние человека, которого ни за что, ни про что могут упрятать в тюрьму? Откуда взялась эта недостача, не знал Шмаков, знал только, что сам не крал, не дарил, и что денег, чтобы покрыть эту недостачу, у него, даже и сразу после получки, не было. Вот и рассказал об

пластом на полу рядом с диваном. «Когда это он успел?» – удивился Шмаков.

Понаблюдав, как над соседом управляющая домом размахивает руками и поносит его словами, которые произносить женщине, даже и находящейся при исполнении обязанностей, как бы и не к лицу, Шмаков решил: «Сам найду, не может же быть, – размышлял он, – чтобы живой еще человек не мог по своему желанию свой же будущий скелет продать!»

В общем, надо было самому искать выход из положения, а другого пути добыть деньги, чтобы покрыть недостачу, придумать у Шмакова не получалось. И продать больше было нечего.

Начав с районной поликлиники, Шмаков, решив, что там ему хоть адрес подскажут, с минуту помялся у окошечка регистратуры (на удивление, здесь было пусто и никто перед ним не стоял) и, дождавшись, пока сидящая за стеклом женщина с изможденным лицом, в белом халате, подняла на него глаза, открыл рот, но сказать у него ничего не получилось.

«За больничным?» – почти не сомневаясь в ответе, подняв глаза, женщина некоторое время рассматривала молчащего Шмакова, а, расслышав его, не поднимаясь со стула и обронив очки на стол, как перенесенная неведомой силой, оказалась вдруг на приличном расстоянии от окошка, там и застыла.

« Мне бы…» – Шмаков не знал, как нужно вести себя и что говорят в подобных случаях, и, вытерев несвежим платком обильно вспотевшую шею, что с ней всегда случалось при душевном волнении Шмакова, заговорил: «Мне бы… того… скелет, чтобы сдать, к кому здесь можно?»

«Гражданин, проспались бы дома!…» – почему-то шепотом произнесла из-за стекла женщина. Шмаков услышал ее, но никак не мог вникнуть в смысл сказанного. Он покрутил головой, осмотрелся – к нему ли это обращено. И понял, что его гонят, что надо уходить.

– не брюки, другого не будет… А может, предложить им не весь, а руку, например, пока, а придет время – на что она ему?»

– Нет, папаша, – смеются, – или все, или ничего! По частям – не имеем права.

– Ладно, – решился Шмаков, представив себя сидящим рядом с бандитами и шпаной в темной и холодной тюремной камере, – отдаю весь!

Доктора, став очень серьезными, предложили Шмакову раздеться, внимательно осмотрели его, замерили школьной деревянной линейкой рост, спросили адрес, записали что-то в толстый журнал, на разграфленный лист бумаги, дали Шмакову расписаться – «вот здесь и здесь». Шмаков только и рассмотрел жирные линейки, все буквы и все слова сливались в его глазах в сплошные чернильные полосы.

– Ну, вот – теперь ваша жизнь, а точнее, – ваша смерть, папаша принадлежит науке! Вы, конечно, живите дольше, наука подождет. И постарайтесь беречь себя, чтобы руки-ноги были целы и все остальное. А насчет денег – не беспокойтесь, папаша, через неделю получите в банке, мы вам извещение домой пришлем, – и так легонько-легонько подтолкнули Шмакова к дверям: – Пока, папаша!

Очнулся Шмаков в трамвае, обнаружив себя едущим в направлении, привычном ему: через пару остановок – служба. «Значит, судьба, – подумалось Шмакову, – предупредить начальство, чтобы делу хода пока не давали – теперь-то рассчитаюсь непременно, будет чем!»

Начальник, подняв голову от бумаг, протянул руку, как ни в чем не бывало: «Привет, Митрич!» Так он его называл в хорошие минуты. И добавил: «Ты уж, прости, Митрич, – нет за тобой вины: подлец бухгалтер, не там запятую поставил, и меня подвел, и тебя чуть не посадил. Выходи завтра. Сегодня, чего уж, отработаешь потом».

Так… Шмакову же эта коварная запятая обернулась вопросом: на что ему теперь такие деньги, человеку одинокому

и пьющий человек сосед, скелет его может и гнилым оказаться». Сосед, как угадал сомнения Шмакова: «Не нравится мой – у других поспрашивай». Когда бутылка опустела окончательно, сосед на обороте какой-то квитанции вывел: «Купим. Недорого. Скилет. Целый. Мужчину». Ниже обозначили номер своей квартиры. И приклеили на стену рядом с почтовыми ящиками в парадном. Так, вроде шутка, но и всерьез.

Утром проснувшемуся Шмакову стало не по себе при воспоминании об этой бумажке. И вскоре – звонок в дверь: участковый внимательно осмотрелся.

– Что это ты, гражданин Шмаков, коммерцию завел на старости лет? Мало тебе ее на работе?

«Неужто, и до него уже дошло о недостаче? Так ведь не было ее!»

– Ты это брось, не позорься, Шмаков!

– Да пошутили мы с соседом, – стал оправдываться Шмаков.

– Ничего себе, пошутили, а если вы кого-нибудь на самоубийство толкаете?..

Шмаковским объяснениям участковый не очень поверил: «Мы еще побеседуем…» А через день, едва Шмаков вернулся с работы, – у дверей дожидается некто с удостоверением – «фининспекция». «У вас, по слухам, кустарное пуговичное производство – где ваши отчеты, накладные – можно ознакомиться? Будем облагать».

И почти следом за ним – жилец с первого этажа, чаще живший не здесь, а там, откуда так, запросто, в гости не заходят. Шмаков, как и другие жильцы, его побаивался и старался обходить стороной. Вот он: физиономия небритая, опухшая:

– Я насчет скелета. Бери! Пара банок – товар твой!

При всей нереальности происходящего, мелькнула все же у Шмакова практичная мыслишка: «Фигура подходящая, может, и правда, купить… А лучше, – сразу поправил себя

обратно, взамен вот этой. А заметив, что его не понимают и, не читая, возвращают ему «документ», сорвался: «Нет пока такого закона, чтобы у трудящихся насильно покупали их скелеты!»

– Успокойтесь, товарищ, присядьте, вот стул, – что вас беспокоит?

Шмаков сбивчиво объяснял про недостачу, про фининспекцию и про пьющего соседа, который его надоумил…

– Николай Николаич, – обратился, наконец, задыхаясь от хохота, один пожилой юрист к другому, – это твои, твои аспиранты отчебучили! Ты им теперь практику должен зачесть по высшему балу!

* * *

Подошло время – так ведь и умер по-настоящему Шмаков: жил-жил и перестал...

Неприятная, даже и для человека привычного, процедура освидетельствования того, что оставалось от Шмакова, досталась, как и положено, дежурившему в тот раз доктору, не поверите – им оказался один из шутников, оформивших когда-то здесь же, в институтской клинике, «прошение» Шмакова. Произведя необходимые действия, доктор окликнул штатного прозектора, боясь поверить глазам, да какой – глазам, всем пяти чувствам, которыми наделила нас природа: вместо костей, составляющих так называемый опорно-мышечный аппарат «хомо сапиенса», мышцы, сухожилия и всё остальное, удерживалось в относительно должном порядке некоей субстанцией, на кости мало похожей.

А похожа она была на аккуратно оструганные деревянные щепы и палочки, которые рассыпались при малейшем к ним прикосновении скальпеля... Плоть же Шмакова сохраняла при этом заданную природой форму, будучи ни к чему не прикрепленной. К ней и не стали прикасаться, в ожидании

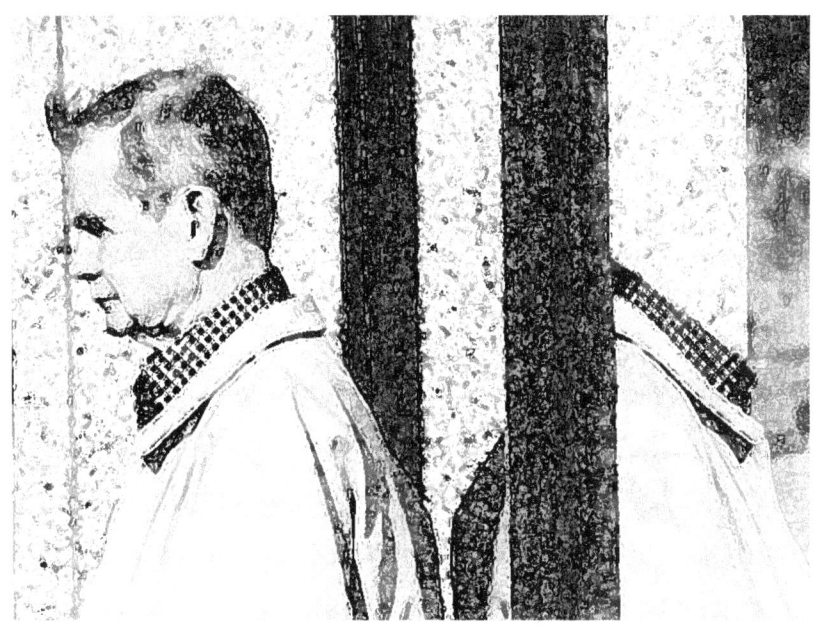

ОБАЛДУЕВЩИНА

Злодейство четвертое, совершенно неправдоподное, и всё же...

– Дед, почему ты всегда рассказываешь о таком, чего никогда не может быть? Расскажи что-нибудь, что было на самом деле! – потребовал внук, закутавшись по самые уши в одеяло.

– Ну, хорошо – сегодня я расскажу тебе самую правдивую историю на свете! Слушай, вот она.

* * *

Знаешь ли ты, что живет в нашем городе человек с фамилией Обалдуев? Человек как человек, ничего особенного, только досадует, что от рождения досталась ему такая дурацкая фамилия. А совсем недавно ему сказали, что фамилию,

– Ну вот, опять ты всё придумал! – обиделся, было, внук.

– Нет, правда, правда! – убеждал его я.

– Ладно, может быть, в этот раз тебе еще поверю, – согласился внук. – А дальше было что, где сама история-то?

– Засыпай-ка, дружище, дальше – будет завтра, – пообещал я.

* * *

На завтра хотел я для внука вспомнить совсем другую историю, потому что с Обалдуевым дальше случилось такое, во что внук вообще ни за что не поверил, – думал я. Но назавтра внук потребовал продолжить именно это – про Обалдуева, вот и пришлось вернуться к нему.

А было вот что.

Однажды Обалдуеву приснилось, что он спит и видит странный сон – настолько удивительный, что он и рассказывать его никому не стал бы, если бы и запомнил: такого и во сне не должно случаться, а вот ведь случилось.

Ну ладно, по порядку... Видит всё Обалдуев как бы со стороны, наблюдает он себя в разговоре с чёртом – и выглядит это очень убедительно.

Чёрт совсем не был похож на чёрта, каким Обалдуев мог бы себе его представить, помня картинки из книжек со сказками. Сидел же перед ним некто в глубоком кресле с высокой спинкой, на фоне которой он казался совсем маленьким.

И щурился:

– Ну, и как поживаем, любезный? – буравили его глазки.

Обалдуеву стало неуютно: он не привык, чтобы к нему так обращались, да и к другим при нём – тоже не слышал, да и где бы? Дела...

– А ты – кто? – робея, спросил Обалдуев.

– Да чёрт я, обыкновенный чёрт.

– Чертей нет и не может быть – никогда! – убежденно сказал Обалдуев.

Он задумался – и вспомнил, что ему, бывало, о-очень хотелось стать незаметным, чтобы никто его не видел: например, когда пацаном пытался он проникнуть зайцем в кино… или с лотка мороженщицы стибрить пачку пломбира… А еще, бывало, – заглянуть бы незаметно на женскую половину общежития… Или потом, когда раздумывал, брать ли билет в автубусе, и не брал, а тут – контроллер входит.

Не то теперь. Напротив: бывает, вдруг Обалдуев замечает за собой – так ему хочется, чтобы заметили, наконец, его все, чтобы люди знали, чтобы видели – живет ведь между ними, есть такой, вот он, Обалдуев, смотрите!

– Хотя, – вдруг подумалось ему, – а что, если взять и пройти невидимо по городу, посмотреть – что да как, и чтобы о присутствии моем никто не догадывался.

Обалдуев не успел ничего сказать, да и постеснялся бы, наверное, если бы вдруг решился.

– Почему же, – можно, конечно! – прочитав мысли Обалдуева, заулыбался некто в кресле. – А только вы, сударь, сейчас же, вот сию минуту, должны поверить, что я могу сделать вас невидимым. Ну как, верите, милейший?

– Да, как сказать… почти, – снова засомневался Обалдуев.

– Как это «почти» – да или нет? Говорите сейчас! – твердо сказал черт.

– Не знаю… – продолжал сомневаться Обалдуев. – Ну, как вам сказать, – переходя вдруг, неожиданно для себя самого, на «вы», что было ему совсем непривычно и несвойственно, – верю, в общем… наполовину. То есть, с одной стороны, – верю… а с другой, – не совсем…

Чёрт продолжал внимательно разглядывать Обалдуева.

– Ладно, уважаемый, – совсем уже перенимая тон собеседника, заторопился вдруг Обалдуев.

– Ну, ступайте, милый, ступайте, Обалдуев… Только послушайте моего совета: надо всё же совсем поверить, пол-

что-то в бок. Обернулся – стоит интеллигентный гражданин, в руках у него зонт, извиняется – ой, не заметил вас, простите!

Выждав, пока дорога опустеет, сунулся всё же Обалдуев в небольшую очередь у киоска, где немедленно оказался зажатым двумя мужиками, те недоуменно уставились друг на друга: расстояние между ними сохраняется, а встать ближе друг к другу – не могут. Обалдуев посмотрел поочередно на того, что слева, и на того, что справа, ничего хорошего для себя в выражении их лиц не увидел – заметили его, оба готовы были тряхнуть его за грудки, со всеми вытекающими последствиями.

– Домой, быстро домой! – сказал себе Обалдуев. Но и на обратном пути встречные норовили пройти насквозь невидимую сторону Обалдуева, что теперь даже забавляло его, потому что начальный испуг почти прошел. Только эти толчки и доставляли ему теперь неудобство, а так – ничего.

– Жить можно, – решил он. Прохожие же, все как один, сталкиваясь с Обалдуевым, вздрагивали, бормоча недоуменно: «У, черт!»

Теперь Обалдуев возвращался мысленно в недавний сон во всех его подробностях.

– Это ему, чёрту, должно быть, надо, чтобы помнили о нем, вот и не забывают, – размышлял Обалдуев, – а я-то причем?

Оказавшись дома, Обалдуев, прежде всего позвонил на работу – разумеется, в отдел кадров, и осторожно рассказал, без особых подробностей: не может он пока выйти из дома, объясню, мол, потом. Только в тот же час узнали Где-надо про всё и очень вежливо, по телефону, пригласили Обалдуева Куда-надо, предупредив, что высылают за ним машину, неотложку, – чтобы не смутить специальным транспортом его соседей, те и так беспокоятся.

Сотрудники оттуда, Откуда-надо, – приехали быстро, осмотрели Обалдуева, убедились в произошедшей с ним

пройти я могу там, куда ни в жизнь не просочится самый опытный ваш человек, а я – боком-боком – окажусь везде. Вот подсел я, например, в трамвае, с краю на скамью и слушаю, о чем говорят, – так меня не видно будет, верно ведь?

– Ну, верно… Дурень! – спохватился Тот-кто-надо, он начинал терять терпение и чуть ли не в крик объяснил Обалдуеву: – А если кто со спины посмотрит? Ну, ладно, – добавил он, переглянувшись со стоявшими рядом, – мы подумаем, а вы, гражданин, пока не высовывайтесь. Это – предупреждение, ясно? Дома побудьте и подумайте…

Обалдуев, пятясь, снова оказался за дверями, рядом с часовым, там он уже не мог видеть, как хозяин кабинета расстегнул мундир, и как блеснули на открывшейся жилетке с глубоким вырезом перламутровые пуговички.

Так ведь и хорошо, что не видел…

Обалдуев вздрогнул во сне, сейчас ему по-настоящему стало страшно, правда, ненадолго, но и просыпаться пока не хотелось. И Обалдуев, зевнув, повернулся на другой бок, любопытствуя – что будет дальше: доверяют ли ему Там-где-надо?..

* * *

– А правда, дальше-то, что дальше было? – спросил внук на другой день, не дождавшись завершения истории.

– Да ничего, дружище. Спит пока Обалдуев, сон этот ему до сих пор снится, только добудиться его очень легко, если говорить громко. Впрочем, из наших знакомых никто пока не пытается – кому он здесь наяву нужен? И без него хватает таких.

Вот уж, если сам проснется Обалдуев – беда…

Прости меня, внук, и вы, друзья, простите великодушно за пересказ этой истории, если она окажется не по душе, мне она тоже не очень нравится… Хотя, бывает, и не такое рассказывают.

такими высокими, что сравнивать свои жилища остальным гондонцам было просто не с чем. А так, в Гондонии все были равны, и это считалось самым главным достижением и доказательством правоты и справедливости гондонистики – так называлось учение, которым в детских садах и школах просвещали граждан с самых первых лет их жизни. Таким образом, это учение признавалось единственно правильным, а о других учениях в стране просто не знали.

Гондонцев можно было бы, наверное, причислить к самым здоровым людям на планете: гондонцы не ведали болезней – хотя, может быть, они просто не знали, что больны, или что чувствуют себя скверно. Можно было бы предположить, существует сегодня и такое мнение, что вполне здоровых среди них вообще не было. Кто знает, – сравнивать свое состояние, порой действительно неважное, им было просто не с чем.

И еще – они никогда не голодали, потому что не знали, что такое быть сытым – они умели обходиться ровно таким количеством пищи, которую производили на государственных фабриках и которая распределялась таким образом, чтобы каждый гондонец получил от выделенной ему порции ровно такое количество энергии, какое необходимо для выполнения функции, определенной каждому индивиду при его рождении.

А о том, чтобы никто не чувствовал себя обиженным, оттого, что ему не было назначено функции, неустанно заботился лично правящий страной король Гондон Великий через своих доверенных подданных. Его подданные очень ценили своего короля и всегда чувствовали на себе его заботу. Как это достигалось? А так: на каждого гондонца при его рождении назначался гондонец-определитель функций, и в этом заключалась его личная функция. Над ним – существовали более ответственные категории граждан Гондонии.

Какие? За распределением пищи среди граждан и за выполнением ими порученной (в Гондонии это называлось

может быть, они немножко другие, так что никто из простых гондонцев ни разу не перешагнул границу своего королевства. Вот и получалось, что звидовать им было некому.

Да и границ, собственно, Гондония не имела до самых недавних пор, поскольку, как мы уже объяснили, гражданам Гондонии просто не было известно о других странах по соседству. Но вот, случись же так, что в одном из окраинных районов королевства появился – назовем его пока «некто», вполне ничтожный и незначительный, – объявивший гондонистику не самым правильным в мире учением. И у него немедленно появились приверженцы, с которыми он укрылся в лесах, покрывавших значительную часть территории королевства.

Представляете себе! После чего его смотритель, руководитель, а за ним и попечитель былинемедленно отстранены от должности, со строгим выговором каждый – и так до самого верха, пока, по личному указу Гондона Великого, не был заключен в деревянную клетку самый главный попечитель этой, вроде бы незначительной, части «большой семьи». Клетку же выставили для устрашения на главной площади столицы королевства Гондония прямо перед воротами, ведущими в королевский дворец, где обычно собирались посудачить жившие неподалеку гондонцы.

Только все было уже поздно: завиральные идеи этого «некто» получили быстрое распространение, спустя небольшое время, у него появились соратники – и кончилось дело тем, что некоторая часть Гондонии отделилась от нее, объявив себя самостоятельным государством – свободной республикой Загондония. И получалось, что теперь граничила Гондония с этой самозванной республикой, президентом которой стал тот самый бунтарь «некто» – только теперь у него появилось имя, и его называли «наш президент Загондон Первый».

Заметим, что на этот пост он был избран путем всенародного и открытого голосования, причем, единогласно и

Александр Половец

все отвалившиеся части Гондонии, но ждать этого никто не захотел. А могли бы дождаться.

Зато, над всеми территориями бывшего Королевства Гондония пошел, наконец, дождь, да еще какой! Дождь лил много дней, много недель, и даже лет, не переставая, – над всеми территориями. А потом под ними земля провалилась, и не стало больше этих стран. Гражданам их довелось пережить немало, кто-то и вовсе пережить такого не смог. А те, кто уцелел, плюнули в сердцах на все и разбрелись, куда глаза глядят. И чего им, спрашивается, не хватало? Земли, что ли – так она здесь скоро снова поднялась.

На том месте выросла потом высокая и густая трава, которую с удовольствием пощипывают коровки – их выращивают теперь пришельцы из других галактик, случайно обнаружившие неизвестные им раньше заливные луга на, казалось бы, давно изученной и давно наблюдаемой ими планете.

Может от них-то, от пришельцев, как раз и все зло?

Вот и решили они людей больше здесь не выводить. Что толку-то?.. И улетели.

ПОСЛЕСЛОВИЕ

Спустя много месяцев после неожиданного появления в моих американских буднях знака-свидетельства – не забыт я старинным приятелем моим, доктором Гором, – получил я от него еще одно короткое электронное письмо. Собственно, содержало оно в себе обращенное ко мне: «Привет... привет...», и почти сразу завершалось словами: «...Посмотри сам, а то и найди способ показать полученное – кому сочтешь. Учти только: на самом деле, возможно, все не так скверно, как можно заключить из знакомства с прочитанным – это же только притча».

Алексей Гелейн

ЗАКЛЮЧЕНИЕ

(из прессы)

ЭМИГРАЦИЯ В СЕБЯ

> ...Что за странная судьба –
> Эмиграция в себя!
>
> *Вл. Корнилов*

Перестройка и последовавший за ней август 91-го сделали, казалось бы, невозможное. Среди немногочисленных завоеваний новой власти – сегодня, тринадцать лет спустя, язык не поворачивается назвать ее «демократической», но все же, все же, все же... – так вот, среди ее несомненных завоеваний было и долгожданное открытие границ...

Документальную повесть Александра Половца «Беглый Рачихин» (Лос-Анджелес, 1987, 1996) первый раз прочитал я в самом начале 91-х. Ее в один из своих приездов в Москву передал мне Владимир Максимов вместе с материалами для будущих фильмов об А. Галиче и В. Некрасове (эти проекты так и не были осуществлены). Передал, присовокупив, что есть в этой повести удивительная энергетика, которая захватывает читателя буквально с первых же строк и которую хорошо бы попытаться перенять для будущих картин. А еще, добавил он, есть у этой повести одна хорошая особенность: в ней словно бы и нет автора. Герой живет и действует как будто бы сам по себе, а автор лишь легонько подталкивает и подправляет его движение!

Повесть обладала всеми признаками настоящего бестселлера (перечитав ее сегодня, я только уверился в своем первом впечатлении). Динамичный сюжет, фантастическая биография, узнаваемые реалии все еще близкой советской жизни. Герой, а за ним – едва поспевая! – и автор, и читатель

той до поры за искусными хитросплетениями рачихинской биографии. Ибо главный герой повести, а вернее, героиня, – это советская система, принуждавшая человека, личность принимать предложенные правила игры, жить конъюнктурным, гнаться за благами и удовольствиями, уверенно шагая по головам окружающих, при этом упуская нечто очень важное...

Жизнь, лишенная смысла.

Жанна, вторая жена Владимира – 30 лет, парикмахер, миловидная, простоватый тип лица

Людмила («Куколка») – 30 лет, блондинка, среднего роста, склонная к полноте, миловидна, ординарна, типичное славянское лицо

«Серый» (без имени) – товарищ тестя Владимира, отца Раи, сотрудник Комитета по науке, невысок, стертое лицо, во всех сценах одет в серый костюм – на свадьбе, в своем кабинете

Секретарь «Серого» – неулыбчивая пожилая дама «профсоюзного» вида, в деловом костюме

Американский консул в Мексике – любезный чиновник, одет свободно, светлые брюки, ворот рубашки расстегнут, галстук приспущен

Сотрудник ЦРУ – чиновник в американском консульстве

Переводчица в консульстве – пожилая дама аристократического вида, говорящая с легким акцентом

Режиссер – возможно портретное сходство с Бондарчуком

«Продюсер», Юрий – высокий худой эмигрант (джинсы, футболка)

Лидия, жена «Продюсера», – вульгарная крашеная блондинка

Адвокат Владимира («Беглого») – молодой человек в деловом костюме

Александр Половец

СОТРУДНИК *(уже в полный голос)*:
– Да, господин консул, похоже – он. Я могу идти?

Консул кивает. Сотрудник остается, отодвинув стул в угол комнаты, по ходу сцены он выходит и заходит в комнату несколько раз, молча кладет бумаги на край стола Консула. Одну из них – прямо перед Консулом, тот берет ее в руки, быстро читает и кладет на стол, но отдельно от других бумаг. Сотрудник сразу возвращается в свой угол. Консул поднимает голову, жестом приглашает присесть Владимира на стул, стоящий у стола.

КОНСУЛ:
– Ду ю спик инглиш?

ВЛАДИМИР *(понимая о чем его спрашивают, отрицательно качает головой)*:
– Но, сэр. Нот...

СОТРУДНИК *(консулу)*:
– Мы нашли переводчицу-стенографистку, вдову бывшего посла Польши, с 50-го осталась в стране. Она здесь. Можно пригласить? *(Отходит к двери, быстро возвращается и остается в углу комнаты.)*

Входит Переводчица, протягивает руку консулу.

ПЕРЕВОДЧИЦА *(консулу)*:
– Хэлло, сэр! Хау ар ю?

КОНСУЛ *(поднимается из-за стола, с легким поклоном отвечает Переводчице: «Хау ар ю, мэм?», указывает на Владимира, неожиданно произносит по-русски, правильно, но с сильным акцентом)*:

*Владимира, когда тот отвечает). Владимир поначалу
заметно волнуется, но постепенно успокаивается.*

ВЛАДИМИР *(складно, не останавливаясь, будто запол-
няет анкету)*:
– Родился в Сибири в 41-м. Отца не знал – в 43-м пришла
похоронка из военкомата. Потом уже мы узнали: убит на
Курской дуге. После войны переехали жить к новому мужу
мамы, демобилизованному. Рос как все. Ходил в школу...
Дружил с ребятами. Научился играть на баяне, подрабатывал
на свадьбах в деревне. Рыбачил с ребятами... Завербовался
на строительство завода по сбору комбайнов – на целине.
Оттуда и в армию забрали.

*Сотрудник, черкнув несколько строк на листке, пере-
дает его переводчице.*

ПЕРЕВОДЧИЦА *(читает с листка по-русски)*:
– И долго служили? Кем вы служили в армии, в каких
войсках?

ВЛАДИМИР *(обернувшись на Сотрудника, переводит
взгляд на Консула. К нему он и обращается, отвечая по-русски на вопросы Сотрудника)*:
– Солдатом в пехоте, кем же еще? Три года служил, как все...

СОТРУДНИК *(придвигает свой стул к Переводчице)*:
– А подробнее можете?

ВЛАДИМИР:
– А что, служба как служба, ходили строем, на кухне
дежурил, в караул посылали, ездили на стрельбище...

СОТРУДНИК:
– Так, так... Из какого оружия учились стрелять?

Александр Половец

тот жестом останавливет сотрудника, обращается к Владимиру.)

КОНСУЛ:
– А к деду-то как съездили?

ВЛАДИМИР:
– Пили мы с дедом два дня – до моего отъезда, из дома почти не выходили. Помню, спрашивал он все время: «Внучек, ну объясни, почему вся наша жизнь, всех родных наших – и матери твоей, и бабки проходит в страданиях?»
Жена его плакала: «Виновата, говорит, я перед твоей бабкой, отбила у ней мужика».

КОНСУЛ:
– Ну, хорошо, а что другие солдаты рассказывали после отпуска?

ВЛАДИМИР:
– Больше в отпуск тогда никого не пускали – было время Карибского кризиса.

КОНСУЛ:
– А вас вот пустили...
Ну, и потом – что? Дослужил до конца – и домой, в деревню?

ВЛАДИМИР:
– Знаете, демобилизовался-то я чуть раньше – в Ленинградский институт физкультуры пригласили меня поступать после спортивных соревнований. Поступил, учился, подрабатывал...

КОНСУЛ:
– Подрабатывал? А что – не хватало стипендии?

– 378 –

правда. Там учились дети знаменитостей – маршалов, партийных деятелей, академиков. Там и познакомился с женой. Потом дочка у нас родилась...

КОНСУЛ:
– Ну, хорошо, вот сейчас вы здесь, а родные у вас в СССР остались – жена, говорите, дочка, верно? И как они теперь там – наверное, будут проблемы?

Владимир молчит, не поднимая голову

КОНСУЛ *(переводчице)*:
– На сегодня, пожалуй, хватит, да и вы устали... Поработайте с пленкой – не откажите в любезности сделать точный перевод дня за два. Управитесь? *(Обращается к Владимиру.)* А вы пока поживете в гостинице, мы вас там устроим.

Владимир поднимается со стула.

СОТРУДНИК *(неожиданно останавливает его жестом. Подходит вплотную к столу, внимательно смотрит на Владимира)*:
– А как вы в эту киногруппу-то попали?.. И вообще, в кино?

Консул молча наблюдает

ВЛАДИМИР *(отвечает сразу, видно, что он готов к этому вопросу)*:
– После университета работал научным сотрудником, встретил как-то приятеля в Елисеевском магазине, знаете такой в Москве? *(Сотрудник утвердительно кивает.)* Учились мы с ним вместе. Теперь он работал на студии, вот и мне предложил. Показалось интересно – почему бы не попробовать? Так и попал я на «Мосфильм».

ВЛАДИМИР (пытаясь продолжить разговор):

– Вообще-то, я готовился бежать давно – после знакомства с закрытыми архивами, допустили к ним перед съемками... А там – о том как готовилась революция, и о Дине Риде – фильм ведь о нем... В старых газетах прочел – Ленин с Муссолини дружил, кто у нас об этом знал? И о том, что штурма Зимнего вовсе и не было... Собирались снимать в Нью-Йорке – не получилось, не дали визы Штаты, наверное, потому что был он американский коммунист. Стали снимать здесь, в Мексике...

КОНСУЛ (уже не слушая, делает останавливающий жест рукой – потом, потом... Передает кассету с записью беседы Переводчице):

– Это – копия, работайте, не тревожьтесь за сохранность.

ЗАНАВЕС

АКТ 2-й

Сцена 1-я (календарь – май, 1962 г.)

(Примерно 10 мин.)

Свадьба. Дача родителей Раи.За длинным столом (его часть может быть скрыта за сценой) видно, что застолье длится уже не первый час. Время от времени вступает группа приглашенных цыган (песни, скрипка, гитара). Часть гостей, стоя в стороне, беседуют группками, по 2-3 человека. Невеста в фате, ее обступили подруги. В стороне наблюдает за действием – Рассказчик. В одной из группок – Владимир, он беседует с человеком в мундире крупного военачальника

невесты, подсаживается к одному из гостей, оба поднимаются из-за стола).

ГОСТЬ *(это «Серый», он совершенно трезв, жестом показывает цыганам – «Да заткнитесь вы!»):*
– Ну что, дружок, какие планы? *(Доверительно приобнимает Владимира.)*

ВЛАДИМИР:
– Да какие планы? Доучиться надо. И подрабатывать, найти надо что-то – с магазином я завязал: чернорабочим тяжело все же.

СЕРЫЙ:
– Чернорабочим, ну ты даешь, брат! Вот, слушай, – ты в партии?

ВЛАДИМИР:
– Да пока нет. Готовлюсь.

СЕРЫЙ:
– Хочешь на лето в Якутию? Комсоргом со студенческим отрядом. Поедешь? Неосвобожденным пока, вкалывать придется со всеми. Работа, не скрою, тяжелая, но заработаешь – это точно. Готов?

ВЛАДИМИР:
– А что – поеду...

СЕРЫЙ:
– Ну, вот и лады. А Раечка подождет тебя, никуда не денется, не пропадет за лето – за ней-то мы приглядим. После придумаем для тебя что полегче.

ЗАНАВЕС

живаетесь ли? И в Управлении ждут, они тоже звонили (*выходит, оглядываясь на Владимира*).

СЕРЫЙ: (*отпуская ее жестом, громким шепотом Владимиру*):
– Видал, мымра! Да, не все в наших руках, не все, брат... Но кое-что все же можем... Ладно, давай подкрепимся (*придвигает стакан Владимиру*).

ВЛАДИМИР (*пытаясь вернуться к теме*):
– И в Штаты?

СЕРЫЙ:
– Во, даешь! Да, быстрый... Ну, и в Штаты. Не сразу, конечно... А что тебе – Штаты? Мало ли стран не хуже!

ВЛАДИМИР:
– Верите, я с детства мечтал побывать в Сан-Франциско, книг начитался, кино их – море, пальмы...

СЕРЫЙ:
– Ну, конечно, так тебе сразу – море, пальмы... Знаешь, пока, на лето, езжай, брат, в «Спутник» – там и привыкай к морю, к пальмам... И помни – обстановка в лагере, знаешь ли, не простая – это не «Артек» с детками: ребята, хоть и из наших демократий, разные приезжают. Это ты учти. И девчонки, конечно... Ты в «Артеке», говорили мне, отличался. С этим – смотри, Раечкуобидишь – в два счета вылетишь! И оттуда, и вообще. Вот так, Владимир Венедиктович... Понял?

После кадровиков, загляни ко мне. Обсудим подробности. И перспективы. Не сегодня – буду занят: зовут «на ковер» (*показывает пальцем на потолок*),будут слегка «чистить». Один ханурик, из кинохроники запросил политического убежища и где, думаешь? В ГДР! Ну, дуб! Где он

Александр Половец

ЖАННА:
– Да что тебе их кислород-то! Ну, и дыши им. У меня тебе мало воздуха? Дача – лучшая в поселке! А то, может, заработки твои тебя держат? Так я из парикмахерской втрое приношу каждый месяц. И клиентки мои тоже не хухры-мухры: смотри, чьи жены – замминистра, начальника горторга... А районная прокурорша – тебе мало?

ВЛАДИМИР:
– Лапонька, ну, как ты не понимаешь?! Думаешь, в Мосфильм просто перескочить? Проректор-зампохоз, и вдруг – директор картины? Это только у Райкина легко: «Там вода и мыло, здесь мыло и вода!» – из директора прачечной – директором парикмахерской.

ЖАННА:
– И что тебе далась парикмахерская! Да, я парикмахер, да, делаю маникюры, укладываю и крашу волосы профурсеткам! А заработал ты за столько времени себе пусть не такую дачу, как моя, хоть бы на приличный кооператив в центре? А сейчас, вообще – хана! Не стало тестя – ничего нет!

ВЛАДИМИР:
– Все будет, все! Да и дача-то, если уж на то пошло, не тобой заработана... Ладно, ну, рассуди сама: полгода на «Сибириаде» – интересно же! Да и не пустой вернулся из Башкирии: таких шкурок на воротник ты в Москве фиг достанешь, со всеми своими блатами! С Гайдаем – работал? Работал. А с Бондарчуком на «Молодости с нами»? Так он мне сказал на банкете, после приемки картины госкомиссией: «Будем еще работать вместе». Да пойми же, – уйти сейчас из семьи, от Раечки – все!

Слышен шум подъехавшего автомобиля. Голоса. Вваливаются друзья, это сотрудники Госкино, их трое – ставят

– 388 –

дии... Отснимем эту «Матеру» – будем думать, как дальше жить. Рая будет в отпуске еще полный месяц, в Судак зовет приехать к ней, Аринушка – у бабки. Куда теперь поедешь – картина. Да, так и так – я бы не поехал, видишь, сколько у нас будет времени. А завтра – суббота, заночуем в городе у меня, поговорим спокойно, без помех, в воскресенье электричкой вернешься на дачу.

Сцена 3-я (календарь – июль, 1978 г.)

(Примерно – 2 минуты)

Та же квартира Владимира месяц спустя. Он провожает к двери Жанну.

ВЛАДИМИР:
– Ты пока лови такси, я позвоню Климову, теперь мне с ним работать – его поставили вместо Шепитько. Надо же – одну сцену только и успели с ней снять. Такая нелепость... Все, кто был в машине, – она, Чухнов, Фоменко, еще кто-то. Ведь и я мог быть там. Кузов автогеном резали, вынимали их. Да... Сейчас будем доснимать, сценарий переписан – все наспех.

ЖАННА *(быстро крестит Владимира):*
– Господь с тобой, Володечка. Ты сам-то не очень высовывайся, без риска, а?.. Мы ведь жить только собираемся... Да, Володечка?.. Правда ведь?

Дверь приоткрывается – она изнутри на цепочке. Из-за двери – голос Раи, она вернулась неожиданно. Жанна замирает у двери, Владимир подходит, нерешительно топчется у двери и снимает цепочку. Входит Рая, делает шаг, роняет

– На сто – не на сто, а все же... Ты уж смотри за Венькой. *(Сыну.)* Будешь маму слушаться?

Жанна садится на стул, молча переводит взгляд с мужа на сына.

ВЛАДИМИР *(снова обращается к ней):*
– Лапонька, Жанок, Ершик ты мой, – знаешь же, из заграницы много не назвонишься – Мексика не Малаховка. Писать – буду, может удастся с кем-то и передать чего-нибудь. А если что – я тебе все телефоны оставил, к кому при нужде обратиться. Не забудь сразу назваться – о тебе мои друзья знают, хоть ты с ними не со всеми знакома, но все же. Отработаю – своя квартира будет, могу обещать.

А больше и не знаю что сказать: съемки ведь могут и затянуться. Будут кончаться деньги – позвони в кассу на студию, или вот еще телефон – можешь и там занять. Занять, ясно? Ладно, давай целоваться. В общем, «Жди меня...»

В дверь раздается звонок. Голос из-за двери:«Владимир Венедиктович, машина ждет. Надо бы поспешить. Дождит в Шереметьево, хорошо, если за два часа доберемся. Помочь с вещами-то?»

ВЛАДИМИР:
– Дождь – хорошая примета: провожает природа слезами, значит встречать будет солнышком! *(Садится на чемодан, задумывется. Жанна подсаживается рядом, к ним подходит сын.)*

ЗАНАВЕС

ПРОДЮСЕР (поднимается из-за стола – спокойным голосом):

– Люди, кончай базарить. Ларка, дома разберетесь. Совсем охуели – делать больше нечего? А ведь есть о чем говорить, я чего вас позвал сегодня. *(Обращается ко всем присутствующим.)* Вот ты, Гонщик, ты почти 10 лет здесь, не надоело тебе чужие крыши крыть? Мог бы уже и свою заиметь... Ты, Плотничек, – тоже не вчера прибыл, а чего успел? Да ничего ты не успел. И не успеешь. *(Обращается к Музыканту.)* Алик, много ты заработал? Колупался с развалюхой, чуть ли не заново построил, сколько времени ушло – и продал за те же бабки, верно?

Только не свисти мне, что хорошо наварил – я-то знаю, кто у тебя купил и за сколько. И знаю, сколько тебе в кабаке по пятницам-субботам за игру платят. Эх ты, – консерватория. Так на консервах и будешь жить? А для тебя, Беглый, у меня отдельный разговор... *(Отводит его к переднему краю сцены, оставшиеся за столом оживленно жестикулируют, их голоса не слышны.)* Володька, ты – мосфильмовский, я – пятилетку «Ленфильму» отдал, верно? Ну, вот скажи, почему ты сбежал? Голливуд у тебя не получился, и, скорее всего, не получится. Не обижайся – и у меня тоже ни хрена не получается. Никто нас с тобой здесь не ждал. На хрен мы им сдались – здесь своих некуда девать!

Даже Пол – ничего для меня сделать не может, только и радости, что на дринк позовет раз в полгода – не забыл, как я его выручил... Пашите, кто хочет, а я продаю такси – за три машины, за три медальона я полтинник как минимум возьму, если не больше. Так? Денег у тебя нет – это я знаю, и ты знаешь. Но и перспективы на них не предвидится, верно? А есть, Вовчик, вот что: будем снимать порнуху. Русскую!

ВЛАДИМИР:

– Чего-чего? Ты что, серьезно? В Америке – не хватает твоей порнухи?

каждом червонец, а то и два сделаем. По-моему, это надежнее. Хотя у меня, так и так, бабок нет, это тебе известно – ни на кино, ни на мотоциклы.

ПРОДЮСЕР:
– Это – кто не знает... Да и откуда им взяться – ты вот здесь который год? Будешь и дальше сторожем в чужом доме проживать – никогда их у тебя не будет! Ладно, мозгуй... А пока вернемся к ребятам.

Оба возвращаются к столу. Беглый подходит к стоящей у окна Куколке.

ВЛАДИМИР (Куколке):
– Скучаем?

КУКОЛКА:
– А ты откуда такой веселый? Раньше тебя я здесь не встречала.

ВЛАДИМИР:
– А я – тебя. Вот и квиты.

Из-за стола зовут. Теперь там все заметно пьяны:«Куколка, Беглый! Что вы там по углам третесь, давайте к столу!»Куколка и Беглый садятся за стол, уже на соседние стулья. Беглому уступают место рядом с Куколкой. Кто-то запевает: «На позицию девушка, а с позиции мать, на позицию честная...»

ЗАНАВЕС

ПРОДЮСЕР:
– Так у нас не ресторан. Ты хоть им объяснила, что их перед камерой трахать будут?

ЖЕНА:
– А-то там их не трахают, что ли... Заплатим – будут и перед камерой!

ПРОДЮСЕР:
– А язык? Для русской версии дублировать придется... Ну, ладно – наши актрисы здесь продавщицами и официантками устраиваются, ждут ролей в Голливуде. Долго ждут... Только и они без денег работать не станут. И никто не станет!

КУКОЛКА (вмешивается):
– Я стану, ну, может, не совсем бесплатно, а недорого – сколько наберешь... И вообще, все сыграть могу – со словами! Всю роль. Подойду? Скажешь – «нет», обидишь!

ВЛАДИМИР (отводит Куколку на авансцену, громким шепотом обращается к ней):
– Ты что – всерьез? (*Показывает ей кукиш.*) Вот тебе – роль! Иди уж прямо на Сансет, на бульвар, там тебе будет роль. И в городской больнице – с букетом, в котором триппер не будет самым последним. (*Меняет тон.*)Людок, ну ты что, не дури: фильм ведь наши тоже будут смотреть... Как ты думаешь после на людях показаться?..

КУКОЛКА:
– Так тебе, значит, можно, да? А мне – нет?

ВЛАДИМИР:
– Ты что, и впрямь, дурочка? Или здесь придуряешься? Я же мужик! Сыграю – сама же гордиться мной будешь.

Сцена 3-я (календарь – август, 1984 г.)

(Примерно 10 мин.)

Квартира Продюсера, возможно, – экран с кадрами из фильма. Состав примерно тот же, что во 2-й сцене 2-го действия. Собравшиеся сидят в кружок, в центре, оседлав стул, Продюсер обращается к Владимиру.

ПРОДЮСЕР:
– Ну, вот ты, Беглый, – молоток! Сыграл – натуральнее не бывает! Может, ты и впрямь из секретарей райкома?

БЕГЛЫЙ:
– Секретарем – не был, а парные посещал. Закрытые. И нередко, между прочим. А кабинеты – они все одинаковые... Потому и натурально отработал. Если не считать, конечно, самого процесса с девочками. Ты бы сам попробовал полдня провозиться с ними – в бане, да еще под лампами.

ПРОДЮСЕР:
– А я и пробовал, не вчера родился. Ну, не под лампами – а так, и дольше мог! *(Обращается к жене, смеется.)* Лидуша, погоди, погоди, остынь, не смотри на меня, как солдат на вошь! До тебя было, задолго.

ЖЕНА ПРОДЮСЕРА:
– Задолго – это уж точно, вот тут я как раз тебе верю. А то – полдня, полдня...

Все смеются.

ПЛОТНИК:
– А в сцене с групповухой – так ведь никто не смог по-настоящему, а?

лером крутила? И вообще, не верю, что она засланная! Киевская дешевка, да. Кто ее будет засылать – у них что, других не нашлось?

МУЗЫКАНТ:

– Ты, и правда, – дурочка, или притворяешься? Ее и не обязательно было засылать, она сама себя здесь заслала: советские фильмы для эмигрантов крутила, журнал «Советский Союз» бесплатно раскладывала в кино и в магазинах – верно? В советское консульство в Сан-Франциско ногой дверь открывала – верно?

С конторой, торгующей турами в Союз – «Соварт», или как она там называется, дружит – верно? А Миллер, между прочим, – не просто хмырь из подворотни, с какими она всегда шилась, а специальный агент ФБР! Контора покруче нашего КГБ... Помнишь, что там с Пеньковским сделали – случай тот же! Так что держись, Куколка...

КУКОЛКА:

– Ребята, я ведь, правда, ничего не знаю. И про Миллера она мне ничего не говорила. Да я знаю, с кем она от Кольки гуляла – а теперь и Николай с ней сел, ни за что, ни про что. Ну, ходили вместе в гости, в «Самоваре» ужинали. Ну, говорила она всем открыто, что в Америке все хуже, чем у нас было. Но, чтоб шпионить?..

ПРОДЮСЕР:

– Да ладно тебе валять дурочку – ты что, не видела в русской газете фотографию, как ее Николай из машины фотографирует эмигрантов с плакатами против концерта, когда советские артисты приехали – ее потом перепечатывали весь месяц американцы. Между прочим, не тебя одну пригласили свидетелем выступать. А дружила-то ты с ней ближе всех. Вот так-то... (*Беглый молча наблюдает. Продюсер продолжает.*)

Александр Половец

ВЛАДИМИР:
– Надоело, так что ли? Кончен бал – погасли свечи, да?..

КУКОЛКА:
– Да ладно тебе, Вовчик, – был ли бал-то?

ВЛАДИМИР:
– У меня – был!

КУКОЛКА:
– По тебе заметно не было. Я с работы – ты от друзей, или еще откуда, глаза залиты супом. Откуда я знаю, где ты был? А теперь и думать не хочу. И вообще, вот сколько уже мы вместе, а мне про тебя и сейчас не все понятно.

ВЛАДИМИР:
– Это чего же ты не понимаешь про меня. Может, я тебе спьяну что молол – так забудь! А поддавать я перестал, верно? По твоей же инициативе, между прочим, – три месяца глотал всякую дрянь в наркоцентре с настоящими алкоголиками.

КУКОЛКА:
– А ты что – не настоящий что ли? Еще какой настоящий! Ты всегда пил, Вова? Я-то тебя другим и не помню. Или – не знала. Вот скажи: до того, как ты сбежал, ты же всегда на людях был – как тебя в высоких должностях держали? И вообще, Вова, ну, скажи честно – почему ты от таких работ убежал? Может, тебе велели? А, Вова? Ну мне-то сказать можешь?

ВЛАДИМИР:
– Мать, да ты что? Тебе после суда кругом шпионы чудятся? И вообще, что ты там намолола – Светке с Колей по червонцу выделили, не с твоей ли подачи?

крутанул в колесах, взял тридцатку. Я боялась – все в тормозах менять придется, пока обошлось.

ВЛАДИМИР:
– Значит едем?

КУКОЛКА (смотрит на часы):
– Вообще-то у меня были сегодня планы... Ладно, едем. Только не надолго, чтобы вернуться к десяти. Мне завтра на работу.

Подходят к двери, раздается телефонный звонок. Куколка стоит нерешительно, переводит взгляд с телефона на Беглого. Выталкивает его за дверь, снимает трубку, молча кладет ее обратно. Беглый заглядывает в комнату, смотрит вопросительно на Куколку. Куколка обводит взглядом комнату, задерживается на мгновение. Оба выходят.

ЗАНАВЕС

АКТ 2-й

Сцена 1-я (Рассказчик выносит календарь – март, 1986 г.)

(Примерно 15 мин.)

Владимир в тюремной камере, у него в руках книга. Рассказчик выходит на авансцену.

РАССКАЗЧИК (читает):
– «Верховный суд штата Калифорния, графство Лос-Анджелес. Дело номер 093795, истец – Окружной прокурор графства Лос-Анджелес данной судебной жалобой заявляет.

ваетесь в моей квалификации или желании помочь вам. И тогда вам назначат другого адвоката, и он не обязательно будет говорить по-русски, общаться с ним вам придется через переводчика, что, конечно же, усложнит защиту вас в суде. Так вы согласны, чтоб я вас защищал? *(Протягивает ему бумаги.)* Если да, – распишитесь вот здесь, и если не согласны – то здесь.

ВЛАДИМИР *(немного помедлив, берет из рук адвоката ручку):*
– Согласен. *(Расписывается.)*

АДВОКАТ:
– Ну вот, прежде всего, давайте я вам прочту выписку из дела. Это не просто формальность, вам суть обвинения известна, верно? Так вот. Из протокола следствия, раздел «Пострадавшая»: «Она разведена с бывшим мужем в 1975 году... Их тринадцатилетний сын жил с ним с 1981 года, но обычно проводил декабрь ~~месяц~~ с пострадавшей. Проведенное расследование не смогло установить наличие родственников пострадавшей... Никто из заинтересованных лиц или друзей жертвы не вошел в контакт со следствием с целью формально заявить свое мнение по поводу происшествия...»

А теперь – о вас: «Обвиняемый проживает в апартменте с арендной платой 200 долларов в месяц. Он русский, бежал в США из Мексики в 1981 году, во время проведения в США Олимпийских игр». Дальше тоже ничего для вас нового, но формальность мы должны соблюсти.

Итак: «... первая женитьба длилась с 1967 по 1974 год», ...о втором браке... о ваших детях... Да, вот: «... в России обвиняемый работал кинорежиссером...» Это правда? Так что же вы бежали? Это уже я вас спрашиваю... В семье были нелады? Или на работе? Мне ведь, и правда, нужно о вас знать как можно больше... Я хочу, чтобы вы видели

Почувствовал – назревает ссора. Развернул машину, выехал на противоположную сторону – прямо к кромке шоссе, со стороны океана, а там – крутой спуск. Стоим. Она – сигарету от сигареты прикуривает, распаляется.Вдруг, кричит: «Убирайся из машины, у меня сегодня свидание!» Я ей – ты же сама позвала... Она тянется ко мне с заднего сиденья, хотела ударить, не дотянулась, только расцарапала щеку.

Ну, я вышел из машины, хлопнул дверцей со всего размаха. И пошел пешком в сторону города, ругаю себя – и зачем только согласился на эту поездку! Вот сейчас меня спрашивают: выключил ли я мотор, выходя из машины, поставил ли ее на тормоз?... Убейте, ничего не помню!

АДВОКАТ (останавливает его жестом, выключает магнитофон):
– Погодите, погодите, Владимир, надо вспомнить. Это же очень важно!

ВЛАДИМИР:
– Вот-вот – и вы сомневаетесь. А я – правда, не помню. Слышал какой-то странный шум позади, оглянулся – ничего не видно, был густой туман. Решил вернуться, думаю – может, она кого ударила, ведь треть бутылки успела отпить. Что-то на нее в этот вечер нашло, обычно она пила немного, меня ругала, что выпиваю, лечиться загород отправляла. А тут... В общем, вернулся, прошел шагов сто, смотрю – нет машины. Значит, думаю, уехала. До дома доберется...

Пошел снова в сторону города. Дошел до телефонной будки, стал звонить друзьям – дома никого. Закурил – Люда забыла у меня сигареты. Достал из кармана бутылочку с коньяком, сел на валун. Допил коньяк – ударило в голову сразу, ведь я уже полгода как в рот почти не брал... Сижу – думаю, что делать? Денег на такси нет. Друзьям – не доз-

приятеля, где отмечали поминки по Куколке, мы уже расходиться сбирались. Простите – по Людмиле. Пришло человек десять полицейских. И снова взяли, теперь уже сюда, в городскую тюрьму – в наручниках, ноги – в кандалах. Жуть. Сейчас вот – будет суд.

АДВОКАТ:

– Да, понятно... Давайте на сегодня завершим, я поработаю с записью, увидимся на следующей неделе. А вы постарайтесь вспомнить что-нибудь из того, о чем сегодня мы не говорили. Хорошо? (*Убирает в портфель бумаги и диктофон. Владимир не замечает протянутой ему руки, он сидит, отвернувшись, смотрит в угол камеры. Адвокат стучит в дверь, охранник открывает, адвокат выходит.*)

ЗАНАВЕС

Сцена 2-я

(*Примерно 10 мин.*)

Интерьер тюремной комнаты свиданий – стол, два стула, время от времени появляется охранник, посматривает на беседующих. У Беглого – гость.

ВЛАДИМИР:

– Плотничек, забываешь меня, за полгода – ни разу не пришел. Вот Музыкант и Гонщик заходят. А ты и Юрка – нет! Эх, Продюсер, Продюсер – ведь дружили. Кино сделали... Ладно... Сейчас-то тебе сразу разрешили?

ПЛОТНИК:

– Вроде – да. Только ждал час примерно. Обыскали, конечно. Ну, как ты здесь?

группой... Знаешь, недавно была жуткая драка, сводили банды дотюремные счеты друг с другом: мексы шестерых негров убили, человек пятьдесят в больницу загремели. Охранникам тоже досталось. Такие вот дела...

ПЛОТНИК:

– Ну, а так-то, как ты время проводишь, одиночка все же... Муторно, небось?

БЕГЛЫЙ:

– Да как тебе сказать... Я, знаешь ли, Плотничек, книгу стал писать. Сначала как дневник, потом пошло, пошло, интересно! Получается история – вся жизнь... Еще недавно разрешили уроки английского – записался, хожу вместе с мексами. Час в неделю. Они здесь могут сто лет прожить, а языка не знают. Еще есть молитвенное время, я не пропускаю ни одной службы: хоть мусульманская, там одни черные, я, и правда, среди них белая ворона; хоть католическая – для мексиканцев, хоть какая – они все проводятся в одном «чапеле», тюремном.

Знаешь, Плотничек, – не смейся, я тут иудаизмом заинтересовался. Подошел к раввину – говорю, бабушка моя была еврейка, он, по-моему, не очень поверил, но томик торы подарил. Я его положил рядом с кораном и библией, на тумбочку. А на службы к нему приходит человек тридцать: изучают тору, поют молитвы, слушают проповедь, размышляют – для этого время специально отводится. Немного, но все же. Адвокат одобрил – он сам из еврейской семьи, его родные лет сто назад эмигрировали из Польши, вроде... А потом – и его родители вывезли, ребенком. Ладно, хватит обо мне, ты расскажи лучше, что там у наших?

ПЛОТНИК:

– Газеты читаем – там каждый день про тебя, про Куколку, фотографии ваши. И много пишут – что ты, может быть,

виновным в непредумышленном убийстве, «посредством автомобиля» ... совершенном при отсутствии преступной халатности...». Беглого освободили прямо в зале суда: приговор гласил – 1 год тюремного заключения, в который засчитывались 7 месяцев, проведенные Беглым в тюрьме, и остающиеся 5 месяцев ему было разрешено провести на свободе, плюс два года испытательного срока, плюс 100 часов общественных работ, плюс штраф 850 долларов.

Но этому дню предшествовало совсем другое решение судьи: следствие нашло показания обвиняемого противоречивыми и лживыми и вменило ему в вину совершение преднамеренного убийства – жертва была задушена, находясь на заднем сиденьи автомобиля, после чего обвиняемый столкнул автомобиль с обрыва с находящейся в нем жертвой, и автомобиль погрузился на дно залива. Такое обвинение предполагало тюремное заключение – до 25 лет. После выступления прокурора, судья согласился с ходатайством защитника – назначить новые слушания, уже с участием присяжных заседателей...

А сейчас Беглый на свободе.

Сцена 4-я (календарь – июнь, 1988)

(Примерно 10 мин.)

Коридор больницы

ЖАННА (стоя перед сидящим на скамье Беглым):
– Ладно, пойду... Ты апельсины-то ешь. А то с прошлого раза ничего не тронул – я ведь приношу, чтоб ты ел, больничная-то еда – на тумбочке стоит нетронутая, я же видела...

БЕГЛЫЙ:
– Ершик, ну ты что – только пришла, и уже... Посиди еще

с Орегоном, к приятелю, ну, естественно, выпивали, дурака валяли, на деревья лазили, однажды я свалился с довольно приличной высоты – вернулись, прошло сколько-то времени, кашель стал мучить... Думали простуда, не проходит и не проходит. Туберкулезный очажок, сказал врач, знакомый Плотника, куда он меня затащил. Да и сам Плотник здесь в госпитале подрабатывает, насмотрелся всякого.

Я последнее время все больше с ним, остальные сторонятся – Куколку мне простить не могут, думаю. Да... Потом сделали все же рентген, и вот – опухоль... Здесь в госпитале планируют полостную операцию, а сейчас что-то стали тянуть: говорят, заменяем процедурами. Если операции пока не будет – меня отсюда переведут в приютный дом, там больные и старики, у кого нет денег, содержатся за счет государства. Присматривают за всеми штатные медсестры, врачи приезжают... Плотник обещает меня оттуда сюда возить на процедуры. Сам-то сейчас я за руль не сяду. Слаб все же пока. Обещают, когда курс облучений завершат – будет легче: в такую трубу загоняют носилки, закрывают в ней и лежишь там – полчаса, а то и больше.

Противно. А что делать-то – надо вставать на ноги. Знаешь, я писать начал – много уже страниц набралось, даже стихи получаются – там и про тебя, покажу, когда отсюда выберусь. И потом, я снова вернулся к плану – на велосипедах проехаться по континентам, по северной Америке, по южной – даже спонсоры, кажется, будут – не наши, конечно, американцы, они такие проекты любят. Да... (*Дотрагивается до руки Жанны.*)

ЖАННА:
– Ой, Вов, не надо, а... Боязно что-то. Не трогай ты меня. Только не обижайся: такое, когда ты касаешься, – будто из меня жизненная сила вытягивается. Жутко становится, Вова.

Рядом – капельница, прибор с кислородной подушкой. К нему подходит Рассказчик, оставив на авансцене календарный лист с датой. Беглый приветствует его слабым жестом, с трудом подняв руку.

РАССКАЗЧИК *(придвигая табуретку ближе к изголовью кровати):*
– Да лежи ты, не гоношись. *(Достает из пластиковой сумки томик.)* Вот, не прошло и ста лет, а книжечка готова, только что прислали из Нью-Йорка, держи! Посмотри, обложка-то какая: лучший художник, из наших, конечно, коллаж придумал. Гляди: взял кадр из твоего фильма – парная, на тебе девочка верхом, и здесь же пристроил портрет улыбающегося Леонида Ильича, помнишь из сцены в райкомовском кабинете?

БЕГЛЫЙ:
– Ну, теперь можно новый фильм снимать! Эх, и сыграл бы я «Беглого» – никакой заслуженный артист так бы не сыграл! Кто лучше меня знает мою жизнь...

РАССКАЗЧИК:
– Это верно, лучше тебя – никто! Знаешь, я читал, перечитывал – сколько всего ты рассказал, могло бы и на три книги хватить, если бы писать подробнее.

БЕГЛЫЙ:
– Куда уж подробнее... Итак, наверное, наболтал лишнего... Газеты-то я видел – вроде бы и все точно, и не все...

РАССКАЗЧИК:
– Ты что имеешь ввиду? Лишнего про что: про Куколку? Или про то, почему бежал, как бежал... Может, про тебя правду говорят, что заслали, Володь, а? Ну-ну, шучу. Ведь кроме тебя-то никто не знает правду. Вот и про Куколку

САНИТАРКА:
– Да увезли его без тебя. Еще вчера увезли, а обратно не привезли – умер ваш дружок. Вещи-то его заберете? Они вон в тумбочке, распишетесь за них у коменданта. На одеяле – книжка, ее тоже заберите, я ее полистала: там много его фотографий. А может, оставите – я бы почитала, интересно все же, вон сколько я за ним горшки выносила, простыни меняла... Потом отдам ее, ладно?

ПЛОТНИК (Жанне):
– Заберешь?

ЖАННА:
– Куда заберу? Мне возвращаться теперь скоро. Книжку, конечно, возьму, ну, вот еще фотографии... *(Обращаясь к санитарке.)* А как он умер-то, сразу?

САНИТАРКА:
– Не сразу, но быстро: стал задыхаться, кашлял и потом совсем перестал дышать... Легких-то в нем совсем не осталось. Отмучился ваш дружок...

ЖЕНА ПРОДЮСЕРА:
– Совсем, как Куколка – задохнулся... Это она его к себе позвала... *(Плачет, друзья стоят молча, опустив головы.)*

ЗАНАВЕС

никто не дознался, что были они вместе. В тот год Володьке едва исполнилось 13 лет...

Об этих смертях Беглый сам рассказывал журналисту: Беглый вспоминал, показывал свои дневники, фотографии, беседы их тогда заняли несколько катушек магнитофонной ленты – эти записи и легли тогда в основу публикаций в газетах, и позже, двух изданий книги – повести о жизни и смерти Беглого.

Сегодня, когда вы встретились с Беглым, когда вы узнали историю жизни Володьки Рачихина, наверное, вы спросите себя: кто же, кто это сочиняет наши судьбы, кто нам их надиктовывает? Неужто – все мы сами?..

Рассказчик отступает с авансцены вглубь площадки к стоящим у могилы.

ЗАНАВЕС

www.ingramcontent.com/pod-product-compliance
Lightning Source LLC
Chambersburg PA
CBHW060806120626
46557CB00001B/111